Songül Ünsal

Günaydın Sızım

OLİMPOS®

GÜNAYDIN SIZIM
Songül Ünsal

Son Okuma: Buse Turan
Kapak Tasarımı: İlknur Muştu

1. Baskı: Mayıs 2017
ISBN: 978-605-9609-69-2

OLİMPOS YAYINLARI
Maltepe Mah. Davutpaşa Cad. Yılanlı Ayazma Yolu No:8 K:1 D:2
Davutpaşa / İstanbul
Tel: (0212) 544 32 02 (pbx) Sertifika No: 13718
www.olimposyayinlari.com - info@olimposyayinlari.com

Genel Dağıtım: YELPAZE DAĞITIM YAYIN SANAT PAZARLAMA
Maltepe Mah. Davutpaşa Cad. Yılanlı Ayazma Yolu No:8 K:1 D:2
Davutpaşa / İstanbul
Tel: (0212) 544 46 46 Fax: (0212) 544 87 86
info@yelpaze.com.tr

Baskı: MY Matbaacılık San. ve Tic. Ltd. Şti.
Maltepe Mah. Yılanlı Ayazma Sk. No: 8/F Zeytinburnu / İstanbul
Tel: 0212 674 85 28 Sertifika No: 34191

Songül Ünsal

Günaydın Sızım

OLİMPOS®

GÖNÜL İŞLERİ

Ne kadar seviliyorsan o kadar sev. Daha fazla seven sen olunca gönül işleri karmaşık bir hâl alıyor. Beklentilerin yükseliyor evvela. Bu beklentiler de yerine getirilmeyince için içine sığmasa bile kırıklıklar biriktikçe birikiyor.

Kaptırıp gitme kendini, gidenin arkasından.

Değer gördüğün kadar değer ver ki değmeyecek insanlar üzmesin seni. Bu sözler her ne kadar kolay söylense de bir süre sonra kalbin de kabulleniyor gerçekleri. Çok değer verip çok sevilen bir dönemde değiliz ne yazık ki. Aksine, biz sevdikçe karşı tarafın ego yaptığı o saçma sapan yüzyıldayız.

Hata yapmadan elde edilmiyor belki de tecrübe. Ama siz hata yapmadan öğrenin yüreği çirkin insanlardan güzellik beklememeyi. Sizin için emek sarf edip sevginizi kazandıktan sonra değişen insanlardan uzaklaşın. Onlar, egoları uğruna dillerine yalanı yakıştırmış insanlar çünkü.

Saçlarını kestirince her şeyin düzeleceğine inanacak kadar masum kadınlar var. Bir de gökyüzünü neşterle ikiye bölüp umudunu kesen kadınlar var. Muhtemelen güçlü kadınlar da ilk etapta saçlarını kesti ve bunun çözüm olmadığını görünce yenilenmek için başlangıcın saç olmadığını fark etti. Evet, başlangıçlarımız her zaman yanlış olur bizim.

Bazı insanlar
sizin iyi niyetinizi görmemek için
yumuyorsa gözlerini,
siz de bunu görmek için
açın artık gözlerinizi.
Yol yakınken geri dönmedikçe
yorulacaksınız.

SEVMEK GEREK

Kendimi kendime şikâyet ettiğim günlerdeyim. Nasıl da yıpratıyorum kendimi, nasıl da değmeyecek insanlara değer verip değersiz oluyorum böyle.

Kopup giden düşüncelerimi sonuca bağlamaya çalışıyorum. Nerede hata yapıyorum diye düşüyorum kendi açımdan. İç sesim yükseliyor gökyüzüne, "Sevmek, değer vermek hata değil." diyor usul usul.

O yüzden utanmıyorum defalarca yanılsam bile defalarca sevmekten. Yanaklarımın kızarması, ellerimin titremesi kadar masum bir şey olamaz.

Bir süre sonra yorulsam da, "Bir daha asla." desem de bir daha seviyorum, bir daha yeniliyorum hislerime. Ama ben buyum, değişemem. Kin tutamam insanlarla aramda, sadece çıkarlarım için insanları etrafımda tutacak kadar ucuz değilim. Ben mutlu olmak için seviyorum onları.

Sevmezsem, âşık olmazsam ne farkım kalır ki ölüden?

Geçiyor.

Geçmez dediğimiz ne varsa geçiyor.
Önce sevdiklerimiz geçip gidiyor
sonra yara izleri geçiyor.

ÖĞRENECEKSİN

Zaman geçiyor mesela. Zamanın ilaç olduğunu gün geçtikçe öğreniyorsun. Beklediklerinin gelmeyeceğini, beklemediklerinin de ansızın çıkıp geldiğini göreceksin.

Umut dolu göğsünü gökyüzüne bırakacaksın her sabah.

Değişeceksin. Eskiden ağladığın şeylere tebessümle karşılık vereceksin artık. Kendini ifade edemediğinde sonu olmayan bir sokakta saatlerce nefes nefese koşacaksın.

Silinmeyen izlerini balıklara hediye edip tutuşturacaksın denizleri. Sarılacak kimsen olmayınca şarkılara sarılıp yalnızlığın tadını çıkaracaksın. İlklerini iliklerinden çıkarıp yenilere koşacaksın içindeki çocuğun elinden tutarak. Ama daha bir güçlü olacaksın, kolay kolay yıkılmayacak duvarlar öreceksin insanlarla arana. Ulaşılması zor bir insan olarak görünsen de aslında içinde minik umutlar besleyeceksin. İnsanlara inanmıyorum diye düşünsen de aslında seni mutlu edecek şeyin yine bir insan olduğunu bileceksin. ***Unutma, zaman sadece sevdiklerimizi almaz elimizden, bir süre sonra seni ait olduğun yere getirir. Sen iyi olmaktan vazgeçme...***

YENİDEN

Bugün yeni bir gün olsun ve yeniden başlasın güzel olan ne varsa. Tüm geç kalınmışlıklara bu sabah koşulsun, hiç zaman kaybetmeden.

Bak papatyalar da açmış. O zaman umutların da yeşerme vakti gelmiş demektir...

Geçmişin yarası belki kolay kolay iyileşmez ama huzur verecek yenilikler edin bugün.

Henüz gülebiliyorken, kuşlar uçuyorken, işe koyulmak gerekiyor. Bugün sana en çok yakışanı yap ve gülümse. Unutma, bugünün en değerlisi sensin. Gülümse, asıl bahar şimdi gelsin. Yeni güne yeniden Bismillah.

GERİDE SEVGİ BIRAKIN

Ben diyorum ki insanlar yalanı unutsun. Sadece çıkarı için aramasın birinin yokluğunu. Bir kahvenin hatırını unutmasın mesela.

Öyle beylik laflar etmesinler birbirlerine. Çünkü arkadan konuşup karşılıklı gülüşmeler midemi bulandırıyor.

Zor mu insanca yaşamak? Hani bir söz vardır, "Kendine yapılmasını istemediğini başkasına yapma." diye. Keşke her tartışma anında düşünülse.

İnsanlar birbirini kırıp, şehri sırılsıklam etmişler.

Hiçbir şey yokmuş gibi gitmişler.

Ben diyorum ki gidilecekse bile gelen insanlar için geride sağlam bir kalp bıraksınlar.

Ama biliyorum, benim dememle düzelmez düzen. Bir parça umut gerek insanların düzelmesi için. Şöyle yapalım: Şu an bu satırları okuyan insanları ben seçiyorum. Evet, şuan sen seçilmiş insansın. Bugün eksik gördüğün tüm alışkanlıklarını bir kâğıda yaz. Biliyorum, zor geliyor bazı itiraflar ama inan, etkili oluyor. Evet, yazdık mı? Bunları bir bir düzelt. Empati kur mesela. Ufak bile olsa yalan söylememek için kendine söz ver. Kırmamayı öğrenin. Sonra da bunu bir arkadaşınıza aşılayın. Bu şekilde düzelecek bu dünya.

HUZUR GETİRDİM SANA GÖKYÜZÜNDEN

Şöyle yaslansam omzuna. Unutsam her şeyi yaşlansam orada.

İçimde olan biteni, bitirip yitirsem tüm hüzünleri. Kaçıp sana gelsem bir yaz sabahı.

Sorgusuz sualsiz gülümsesen, açsan kapılarını kalbinin.

Sen gülümseyince reklam arasına giriyor tüm acılar.

Şöyle yaslansam kalbine, artık sağlam desem sırtım.

Gözüm kapalı güvenip kalbim açık sevsem seni.

Ne de güzel sevilir şimdi gülüşün gecenin bir köründe, yazın ortasında, kışın ayazında.

Bir adım atıp düşsem içindeki uçuruma. Süzülsem gözlerindeki bulutlarda.

Maviler bitti buralarda.

İzin ver öpeyim kalbinden. Bekletme beni. Tüm sevgim soğumadan gel.

BEKLEMEYİN

Farkında olmadan tükeniyoruz ve tüketiyoruz içimizde güzel olan ne varsa. İyi ya da kötü harcıyoruz içimizdeki güzellikleri. Bizim için üzülmeyenlere okyanuslar akıtmışız gözlerimizden kalbimize. Çok hak ediyorlarmış gibi! Başlamaktan korktuğumuz yolların ortalarındayız. Yarı yolda kalıyoruz. Yarım kalıyoruz. Hayalleri, bardaktaki çayları yarım bırakıyoruz. Masum insanların gözlerinden akan şeffaf kan damlalarına şahit şehirler, geceler.

Çıkmaz sokaklarla dolu içimiz. Çabalasak kazanırız diye uğraştığımız insanlar yüzünden kaybettik benliğimizi.

Çabalamayın arkadaşlar. Sizin çabanızı gurursuzlukla, gözyaşlarınız da acizlikle adlandırırlar. Oturun paşalar gibi çekin acınızı da aşkınızı da. Ama belli etmeyin kimseye. ***Sizi istemeyen insanı kazanmak için uğraşmayın. Kazanamazsınız, yok öyle bir dünya. Baharınızı kışa çeviren insandan aşk beklemek taşa tohum ekmeye benzer.***

SANIRIM BÜYÜYORUM

Sitem etmiyorum kimseye. Sessizce bir köşeye geçip dizlerimi karnıma çekmiş hâlde izliyorum olup bitenleri. Kızmıyorum kimseye. Kırılmıyorum da. Kâinatın kuralı buymuş diyorum. Muhabbet etmiyorum kimseyle, muhasebeye çekiyorum artık kendimi.

Keyfim yerinde değil son zamanlarda, verdiğim değeri yerinde bulamadığımdan.

Buz parçalarını saplayıp ölü ruhlara canlanmalarını beklemişim. Meğer ne çok hevesliymişim.

Yavaş yavaş geçmişim kendimden, geçirmişim zamanı.

Beklemiyorum kimseden bir şey.

Gidenleri de beklemiyorum. Ben bile gidiyorum kendimden. Giden kimsenin geleceğine inanmıyorum çünkü.

İlham perilerimin ilhamı kaçmış şu sıralar.

Kırılmışım, kaçmış insanlar.

Her sıkıntılarında yanında olduklarım birer hayaletmiş.

Anlatamıyorum derdimi.

Atlatamıyorum derinlikleri.

Gittikçe boğuluyorum gittiğinden beri.

Bir gidiş her geleni götürmüş kendisiyle.

Yeni başlangıçlar, başlamaması gerekenler yüzünden bitmiş çoktan.

Sen beni olgunlaştıran

EN BÜYÜK

cahilliğimsin.

SARILIN YARINLARA

Şu hayatta size değer veren birisi varsa sıkı sıkı sarılın ona, derdi için ağlayın, mutlu olunca mutlu olun. Biliyorum zor çünkü öyle devire geldik ki biz mutlu olunca mutsuz olan, mutsuz olunca da sevinen insanlar var etrafımızda ve çoğu dost sıfatı adı altında. Şöyle bir düşünüyorum da kötü günümü geçtim, iyi günümde bile yanımda olmamış o sevdiklerim. O zaman anladım, mutlu olması için çabaladığım o insanlar meğer benim mutlu olmamı hiç istememiş.

Ama bunun için hep kendimi suçladım çünkü ne zaman kırıp dökseler, kapıları ardına kadar açık bıraktım hatta bazen kendim onları kalbime geri aldım. O kapılar paramparça olunca anlıyorsun kapıları kapatmanın önemini.

Gözümüzden sakındığımız insanlar gözümüzün içine baka baka yalan söyleyince, anlıyorsun kimseyi gözünde büyütmemen gerektiğini.

İyi ki bitmiş,
iyi ki gitmiş demişsin.
En çok da buna yazık.

SEVİNCE

İnsan sevince yorulmaz. Kırılır, üzülür, **ağlar lakin yorulmaz. Sadece anlaşılmayı bekler, beklentisiz sevenler**. Defalarca düşer, defalarca dizleri kanar belki ama öpünce tüm yaralarında çiçek açar. Yine de asla yorulmaz insan sevince.

Özlemek belki zor olur. Zor gelir gelmeyeni beklemek. Kıskanır kızamazsın, darılır küsemezsin. Sıkılmasın diye sürekli dile bile getiremezsin içinde kıyamet yeri gibi olmuş sevgini. Sadece oturur, arkadaşlarına dil döker durursun. Ufacık bir anı, bir tebessümü, yanlışlıkla olan o minik dokunuşu uzun uzun anlatırsın. Kendine gelemezsen onun hayaliyle toplarsın kendini. Bir sözüyle ağlar, bir sözüyle mutlu eder seni haberi bile olmadan.

Yorulmaz insan sevince, fazla naz âşık usandırır sözünü unutur ama onu unutmazsın.

Sabrederek sevmek lazımdı belki de. Belki sever diye sevmeye devam etmek gerek dua ile, aşk ile.

Belki onun için çok şey söylenir ardından ama seven vazgeçmez sevmekten. Tüm olumsuzluklardan yorulur ama sevmekten asla.

KENDİNE İYİ BAK

Bakabileceğini bilsem "Kendine iyi bak." derdim. Ama sen şimdi geceleri üşürsün. Yağmur yağınca korkar, aç kaldığında üşenirsin her zamanki gibi ve aç kalırsın. Korkunca telaşlanır gittin diye de gurur yapar aramazsın beni. O yüzden gitme sen.

Alıp başını git istersen omzuma, gözlerime, dizlerime mesela. Orası sana kalmış. İçi aşk dolu kelimeler icat ettim sana, gitme. Sen benim gülüşümde dinlenirsin ne zaman yorulursan.

Avuçlarından öperdim seni ağrı kesici niyetine. Ömür geçiyor, bir kere kafaya koyduysan gitmeyi, sen de geçersin ömür gibi. Ama izin ver, önce yaraların geçsin sonra sen yine gidersin. Uzaklar sana iyi gelmez, izin ver valizinden mutlu anılarımı çıkarıp tekrar asalım gökyüzüne. Bilirim, o valiz hazırlandıysa gidilir. Gecenin körü, sabahın ilk ışıkları fark etmez giden için.

Gülüşümde senin izin var. Otur, bir soluklan, gözyaşlarımla yıkayayım tüm izleri. Söz, sonra yine gidersin. Oraların benden daha çok ihtiyacı yok sana. Hoşça kal demek istemiyorum, sen şimdilik kal, ben hoş ederim kötü olan ne varsa.

Şimdi bize sarılmak yakışır, ayrılıktan sıyrılıp sadece sarılmak.

OLMAZ ARTIK OLANLAR

Seninle gökyüzü izlenmez artık, sen onu da karartırsın. Belki çok iyi bir baba olabilirdin, adamlıktan geçseydi yolun. Bu nedenle seninle bir yola da çıkılmaz artık, sen o yolları da yarıda bırakırsın. Kendi benliğin için sana açılan bir kalbi kıran birisisin sen. Kapattım tüm kapılarımı sana. Açık olan tek şey yollar artık. Yolun açık olsun. Sana gitmek yakışır sevgilim.

Seninle kahve içilmez artık. Onca iyilikleri görmezden gelen insan kahvenin hatırını mı önemser? Hayır.

Aslında en başında hayır demek vardı. Mesela karşılaştığımız o yoldan ben geri dönseydim. Mutlu edebilirim diyerek gelip avucumdaki sevgileri de aldın. Kızmıyorum, merak etme. **Ben zaten sözünde durmayanlar yüzünden yolum-**

dan dönen bir insanım. Yine de toparlarım kendimi problem değil. Gitme gayen diğerlerine karışmaksa, artık karıştın merak etme. İçimdeki son umutları, sevileceğime dair tek inancımı da aldın.

Seninle deniz karşısına oturup sohbet de edilmez artık. Sen gözyaşlarımda o denizi boğarsın.

Saat 18.13

DEĞİŞTİK

Yüzümüz yaz, içimizdeki yapraklar dökülmüş çoktan. Çaktırmıyoruz ama yaralarımız fazla içten. Yalnız başımıza gülmeyi öğrenmişiz. Kimsenin yokluğu ağlatmaz artık bizi.

Zaten hıçkıra hıçkıra ağlayamayacak kadar üzüldük. Sessizliğimiz, her şeyi içimize atıyor gibi görünmemizden.

KÜÇÜK İNSANLARA BÜYÜK ANLAMLAR YÜKLEME

Eskiden saatlerce anlatacağım heveslerimi şimdi gülümseyerek hatırlıyorum. Bir tebessüme sığdırıyorum nedense. Hüzünlerimi kendi içime döküp etrafımdaki insanları topluyorum. Ne de olsa kendimizden daha çok onlara üzülmedik mi?

Ön yargılarımı yanıltmayan insanlar tanıdım. Bu his mi başka bir şey mi bilmiyorum ama devriliyor artık güven duvarlarım. ***Çiçeklerle süslenmiş kalbimi ısrarla almak istemeyen birisine uzattım hep.*** Yüzümdeki tebessümler solduysa, içimdeki çiçekler çürümüştür çoktan. Küçük insanlara büyük anlamlar yükleyip hayallerimin altında kaldı ruhum. Biraz daha sakinim artık. İzlerini siliyorum tüm olumsuzlukların. İhanetin neresinden dönülürse intikamdır belki ama sen, intikam ruhumu hak etmiyorsun.

Senin uğruna gözyaşı da dökülmez artık. Sen, seni üzen insanların sendeki mutsuzluğuna layıksın. Haklısın, fazla sevilmek pek de bildiğin bir duygu değil.

YARIM KALIR YARINLAR

Bazı şeyler yarım kalır. Yarınlar için yarım kalan daha güzeldir, sonu gelmeyeceğinden.

Biz seninle aynı parçanın yarım kırıklarıydık. Ne kadar uğraşsak da yan yana gelmek için bir şeyler hep eksik kaldı. Sen benim tamamlanmayan en güzel yarım kalanımsın. En güzel kırgınlığım, bardağımda unuttuğum soğumuş çayımsın. Biz seninle aynı yolda yürüyen fakat farklı yerlere giden iki yolcuyduk.

Bazı güzellikler yarım kalır.

dudakta tebessüm,

bardakça çay,

okunan kitaplar,

yazılan mektuplar…

Bazı yarım kalmalar yarınlar için daha hayırlıdır. Belki o anda farkında olmuyorsun ama sonrasında"keşke"lerin "iyi ki"lerin olur. Ama siz ne kadar kırılırsanız kırılın, bir insanın asla "keşke"si olmayın. Güzel kalın akıllarda. Hafızayı zorlayınca gülümseyen yüzünüz gelsin akıllara.

UMUDUN RENGİ YEŞİL

Asla olmaz gözüyle baktığım ne varsa oldu. Olur diye baktıklarım ise gittikçe uzaklaştı bana. Hayat bu kadar işte. Biraz garip, bir tuhaf sürprizlerle dolu. Yapmam dediklerini yaparsın, hayat yaptırır bunu sana. Büyük konuşmak meselesi değil bu.

Bazen zamana bırakmak gerekir. Çünkü insanlar her zaman yanıltmıştır bizi. Değişmez dediklerimiz bir sabah değişmiş olur. Unutmam dediğimiz şeyleri unutup, mutluluğu unutmuşken mutlu oluruz.

Üzülürüz, kırılırız sonra değişiriz. Eskiden yapmaktan keyif aldığımız hiçbir şeyi yapmaz, dinlemem dediğimiz müziklerin kollarında buluruz kendimizi.

Umutsuz olmaya gerek yok. Nasıl ki mutluluğumuz son buluyorsa, umutsuzluklar da son bulur. Bu belki biraz can yakar ama her güzel şey biraz kalp kanatır zaten.

Hayat sana önce ağlamayı öğretir sonra ağlamamayı. Önce üzer sonra üzülmemen için neler yapman gerektiğini gösterir. Karlar erimeden açmaz çiçekler. Hayat sana beklemeyi beklerken de mutluluğu öğretir. **Canını yaka yaka mutluluğa götürür seni, senden habersiz.**

BÜYÜMEM BEN

Ben çocuk değilim, sadece çocuk ruhluyum. Ondandır bu saf sevgim. Sadece yaralarımın yeri değişti. Dizlerim yerine kalbimde artık izleri. Masal yerine sevdiklerimi dinliyorum. Mutsuz sonla bitseler bile vazgeçmiyorum yeni bir sayfa açmaktan. Bu aldanışlarım hep çocukluktan kalma. Elimde ne var ne yoksa paylaşmak için can atıyor hâlâ kalbim. Belki gülüşlerimi erteliyorum ama umudumu saklıyorum her zaman. Zaman zaman mutsuzluk esir alsa da içimi, içimdeki çocuğun saçlarını okşuyorum. **Ben çocuk değilim, sizin hayalleriniz ölmüş.** Hayali olmayan bir insan hep mutsuzdur. Dinlediğim ninniler değişse de vazgeçmedim kendimi keşfettiğim şarkılar dinlemekten.

Sen de vazgeçme. Ruhun hep çocuk kalsın, gülüşün huzur dolsun mesela.

Canını yakanlara inat, siper et mutluluğunu. Mutluluk en büyük silahtır, mutsuzluğunu isteyene.

Olmadı bu gidiş,
Sen benim dualarıma da
yakışmazsın artık.

CENNETE BİLET AL

İçinizde yarım kalan ne varsa bitmesine izin verin. Kabuk bağlayan yaralarınıza dönüp dolaşıp tırnak batırmayın artık. Bırakın mevsimler değişsin. Bu kadar üşüme isteği neden.

Bir bulut daha eksilmesin gökyüzünüzden. Karşı taraf hiç çabalamıyorsa, senin uğraşmalarını da önemsemiyorsa boşver. Daha fazla çabalama öyleyse. Sonunda üzülen sen olacaksın nasıl olsa. Yaptıklarını önemsemeyen insan üzülmene de kafa yormaz. İçinde biriken ne varsa at dışarıya. **Zehirleme içini, içini anlamayanlar uğruna**. Bitmesi gereken ne varsa bırak bitsin. Uzatmak aptallık olur. Çaba denilen şey, hak edenler için yapılmalı.

Yeni bir yol yoksa otur, bekle, yanlış bir yola girmekten iyidir bu. Defalarca kırdığı kalbini ona uzattın sen. Peki, o ne yaptı "Aaa, burası sağlam kalmış." deyip öyle verdi kalbini eline.

Seni üzen insanlar unutulmayı hak eder. Seni üzmekten çekinmeyen birisi varsa çek at hayatından.

Şu hayatın hüzünlerine ara ver gülüşünle...

SEVİLMEK NEYDİ?

Bir kere çok sevildim. Ne zaman görsem karşımda onu, vücudumdaki tüm kan yanaklarıma toplanmış gibi hissederdim.

Gözlerimin içine bakıp dünyadaki güzel her şeyin yansımasını görüyor gibi bakardı içten. Parmaklarımı, gülüşümü severdi mesela. Yuvarlanıp giden günler uzaklaştırdı onu benden. Evet, hayatın ilk acısıyla tanışmıştı kalbim böylelikle.

Çok uğraştım. Aklına birkaç saniye gelebilmek için saatlerce dua ederdim. Ne kadar da kötü değil mi, **bir zamanlar aklından çıkmayan insanın aklına gelebilmek için dua edecek kadar çaresiz kalmak.**

Gideceğini bilsem sarıp sarmalardım kokusunu. Çiçeklerle süslerdim hayallerimizi. Kısacık ömrümüze küçük kavgalar bile sokmazdım. Ben sadece sevildiğimi sanmışım. Kalbime dokunduğun zaman amacının onu parçalamak olduğunu fark etmedim.

Şu hayatta sadece bir kere sevildim. Onda da sevildiğimi zannettim.

Geçmez gibi görünen tüm hüzünlerimde parmak izin var.

SUSMAK, ANLATMALARIN EN GÜZELİ

Gidişinle alakası yok bu karanlığın, lambalarını söndürdüm kalbimin. Bilirsin, ben siyahı hep severdim.

Yaşım genç, acıları yaşlı artık. Kalbi kırılmış bir kız çocuğuyum. Hiçbir kahkaha içten gelmiyor bana.

İnsanları da samimi bulmuyorum son günlerde. Hepsi senden beslenmeye çalışıyor gibi. Üzdükten sonra "Hadi ama biraz gülümse." diyenleri sildim hayatımdan. Evet, sancılı geçse de günler, bir sabah güneş doğacak pencereme. Eksik kalan cümlelerim birikiyor artık. Susuyorum sadece. Yutkunup susuyorum. İçimde intikam, nefret duyguları yavaş yavaş yer edinse de bunları yapacak biri olmadığımı biliyorum. Tek tesellim iyi bir insan olmak olsa da başıma gelen her türlü hüznün sebebinin bu olduğunu da biliyorum. Belki saçma ama hep özenmişimdir, her şeyi yapan ama masum görünen, herkesi parçalayıp kalbi bile kırılmayan insanlara.

Işıklarını söndürdüm gözlerimin.

İnsanlar değil,

biraz karanlık biraz yalnızlık iyileştirecek beni...

NE OLUR GERİ DÖNME

Alışmışım bir daha sevilmeyeceğime. Yeni birisine yer yok bende. "Bu da aynıdır." düşüncesi en büyük ön yargım olarak kaldı.

Tamam, kabul ediyorum hoş değil ama olmuyor. Ben yoruldum. Çiçekli penceremden kaç insan uğurladım hatırlamıyorum. Kaç kış geçti bilmiyorum ama geçmedi içimdeki sızılar.

Acı çekmek sıkıntı değil, buna zaten bünyem alışmış. İçimdekileri anlatacak kadar kimseyi samimi bulmuyor olmam sıkıntı, bunun bir tık üstü paranoyaklık zaten.

Gücüm kalmamış. Koşarak gittiklerimden koşarak uzaklaşmışım. Yarım yamalak gülüşlerim elimde kalan son silahım benim. Asla ama asla acılarıma isabet etmese bile vazgeçmiyorum gülmekten.

Yine de kimseye "O beni sevmedi." diyemezsin. Bu büyük ayıp olur. Belki şu an aklına gelmiyorum ama ne zaman ki birisini sevecek olsan işte o zaman geleceğim aklına.

Bir şarkının nakaratında,

Bir hüznün ortasında,

bazen gülüşünde, ben geleceğim aklına.

İşte o zaman hiçbir şey yapma. Gelme de.

Ben seninle arama ördüğüm duvarlarda çiçekler besliyorum.

Yaralarım gittikten sonra senin gelmen haksızlık olur bana.

Görmezden geldin
görmen gereken her şeyi.
Hiçe sayıp beni, hiç ettin sevgimi.
Nevrim döndü ama sen dönmedin.
Dönen dünyaya da işte o zaman isyan ettim.
Ama vazgeçmiyorum
gülüşünde huzur toplamaktan.

NASIL SUSTU KALBİM

Duygularımın içime sıkıştığı zamanlardayım. Yine beynimde birbirine çarpışan düşüncelerim uyutmuyor beni. Fark ettim de, artık konuşurken insanların gözlerine bakamıyorum, onları dinlemediğimi düşünüyorlar, haklılar.

Fazla uzaklaştım kendimden. İçime giden yolu unuttum. Sanki hikâyemin sonundaymışım gibi uyandım bu sabah. Sanki bir adım daha atsam masal mutsuz sonla bitecek gibi.

Doğru, benim de hatalarım var başkalarının bana yaptığı hataları kabul edemememden kaynaklı.

Bağıra bağıra sustuğum o saatlerdeyim yine. Yine yeniliyorum içimdekilere. Nasıl tutmuşum kalbimde onca haksızlığı hiç bilmiyorum. Şimdilerde en ufak şeyde bile patlamalarım hep ondan. Sürekli kaçıp aynı noktada duraklıyorum. Seyrediyorum kendimi uzaktan. Meğer insan en çok kendi çaresizliğine üzülüyormuş.

Elime sıcak çayımı alıp gözüme kestirdiğim bir buluttan aşağı sarkıtıyorum ayaklarımı. Emek verdiğim insanların bir bir gidişlerini izliyorum. Üşüyor ellerim yazın ortasında. Kış bana erkenden geldi.

Umutlarımı uyutup gerçeklere sarıldığım o saatlerdeyim. Mutluyken geçen saatler nedense şimdilerde hiç geçmiyor.

Biraz uyku uyutur mu hüzünleri?

DUYGULARINI ERTELEME

Ertelemeyin duyguları, iyi ya da kötü, hisleriniz ne diyorsa onu yapın. Hisleriyle hareket edip yanılan olmamış. Her şekilde tecrübe olarak birikiyor içimize. Aklınızla kalbiniz arasında kaldığınız zaman eksik parçaları yerine oturtup o şekilde karar verin. Perdenin gözünüzden kalkması için bir kez daha kalbinizin acımasını beklemeyin. Sünger gibi içinizi emen insanları çıkarın hayatınızdan.

Onsuz bir hayat olmaz, onsuz asla yapamam diyerek kutsallaştırmayın insanları. Bir acı olacaksa şayet, bırakın olsun. Sizi mutlu edemeyen sürekli sizden bir şey bekleyen birisi varsa karşınızda, zaten yanlış bir başlangıcın içindesinizdir.

Alışkanlıktır geçen yıllar.

Biliyorum, en çok da bu engelliyor gitmemizi. Emek verdiğimiz insanın bir başkasına gitmesine tahammülümüz olmadığı için katlanıyoruz her şeye.

Yanlış!

Bırakın verdiğiniz emekler sadakanız, sevginiz ise şefkatiniz olsun.

Nasıl ki sevgimizi söylemeyi ertelemiyorsak, gidişleri de ertelememek lazım.

Gittiğinizde ardınızdan gelen birisi yoksa siz zaten çoktan terkedilmişsinizdir.

SORUNLARIM VAR

Bende fazla düşünme problemi var, anlamsız gelen açıklamaları kafamda oturtamayınca samimi bulamıyorum karşımdakini. Razı olamıyorum artık insanların yalanlarına. Yaptıklarıyla söyledikleri farklı olan insanlar midemi bulandırıyor. Bu nedenle sindiremiyorum kalbimin inanmış olduğu yalanları.

Yani, taşları yerine oturtunca boğazıma bir taş oturmuyor değil. **Bunu yabancı birisi yapınca önemsemiyor da insan, canına can bildiği yapınca içi yanıyor insanın.**

Tüm yangınlarda burada başlıyor aslında. Çok fazla soru işaretleri bırakan insanları geldikleri noktaya geri bırakıyorum. Yolun sonuna kadar gidip, düzelir diye umudum yok artık. Eskiler boşuna dememiş "7'sinde ne ise 70'inde de odur." diye.

Kalbine, diline bahaneler dolanmış bir insanı dolandırmıyorum artık etrafımda.

Ben artık fazla düşünmek istemiyorum. Gözüm kapalı güvenmek istiyorum. Bir hareketinde "Bunu neden yaptı?" diye düşünmektense, yaptıysa vardır bir bildiği diyecek kadar rahat olmak istiyorum.

Bu şehir "merhaba" ile başlayıp "elveda" ile biten cümleleri çok duyuyor artık. Ondandır iklimlerin yaşları.

Saat 17.28

HERKESLEŞİYORSUN

Gün geçtikçe geceye karışıyorsun. Sıradan cümlelerin, dudaklarından dökülürken yüzüm avuçlarımın arasında, şiir dinler gibi dinlerdim oysaki seni. Şimdilerde en usta şairin bile şiirleri titretmez artık kalbimi.

Gittikçe insanların içine karışıyorsun, karıştıkça çözülüyor kalbimdeki buz kütleleri. Bak, şimdi bir selde çırpındıkça batıyorsun. İhanetlerini unutup sana tekrar gelmem kendime en büyük ihanetti. Gözlerine tekrar bakınca içimdeki kelebeklerin intiharından anlamalıydım tekrar büyük bir depremin olacağını.

Hadi, sen artık git. Sen, sana verilen şansları kısa sürede tükettin. Yalanlarını yemektense kafayı yemek daha mantıklı geliyor artık. **Ben küller arasında güller yetiştirmeye çalışmış bir hayalperestim.** Yine yeşerir umutlarım ama sen artık git. Dökülmesin ağzından yeni bahanelerin, "seviyorum" ile başlayan "ama"lar ile biten cümleler çekmiyor ilgimi. **Sen yanlış vücuda giren zehirli kansın artık, hadi, topla gözyaşlarını. Topla ve git helallik isteme, ben hakkımı Hak'ka bıraktım. Sen de hakkın ne ise onu yaşa bundan sonra. Ardından söyleyecek, seni uğurlayacak veda cümlelerim yok artık.**

DEĞİŞTİK VESSELAM

Zaman değiştiriyor hislerimizi. Çıplak ayaklarla bir bilinmezliğe koşuyoruz çoğu zaman. Başkalarını mutlu etmek adına gösterdiğimizi kendimiz için göstermedik. İnsanlık ölmesin diye içimizdeki umutlara zarar verdik. Peki siz yorulduğunuzu hissettiğinizde ne yaparsınız? Acılarınızı nasıl iyileştiriyorsunuz?

Gezmek, belki de yeni birilerini tanımak... Yüzünüzü neye döndüğünüz önemli değil, asla bastırmayın duygularınızı, yormayın hislerinizi. Hayatınızdan çıkardığınız insanların yerini hemen doldurmak için uğraşmayın lütfen. İzin verin kendinize, ağlayacaksanız eğer ağlayın, bastırdığınız duygular sizi bir süre sonra hissizleştirir. Sevemezsiniz bir başkasını, mutlu olmanız zorlaşır. İyi bir insan olmak için uğraşın ama iyiliğinizi hak etmeyen, defalarca sizi üzen insanlar yarına olan ümidinizi keser bir bıçak gibi. İşte o zaman bir boşluğa düşersiniz.

Güzel duyguları güzel insanlara sunmak lazım, ileride duygusuz olmamak için. Yavaş yavaş insanları tanıyın, ona sorular sorarak tanıyamazsınız asla çünkü kimse "Benim yoğurdum ekşi." demez. Siz keşfedin. Olaylara bakış açısını ancak zamanla öğrenebilirsiniz.

Sizi yıprattığına inandığınız insanları takıntı hâline getirip zaman kaybetmeyin. Siz bu kitabı okurken şu an belki gece belki de gündüzdür. Peki dünü, geceyi ya da gündüzü geri getirebilir misiniz? Hatta saniyeleri dahi geri getiremezsiniz, o nedenle yormayın kendinizi.

Değişeceğine, sizi seveceğine inandığınız ve katlandığınız insanlar sadece sizi değiştirir. Bugün bir karar verin kendinize, ama sağlam bir karar olsun bu kez. "Bir daha asla." dediğiniz hatayı tekrarlamış olabilirsiniz. Benim de en büyük hatalarımdan birisi buydu. Değişmeyeceğini bildiğim bir sonu, düzeltirim umuduyla yıprattım kendimi. **Sadece zamanı değil, zamanla hislerimi de kaybettim**.

Bir karar verin ve sizi yıpratan insanları çıkarın hayatınızdan. Onsuz hayat geçmez, uyuyamam, onsuz yapamam dediğiniz her şeyi onsuz da yapacaksınız. **Belki bir sızı kalır içinizde ama unutmayın, acının neresinden dönülürse huzurdur**.

"Çok yoruldum, çok emek verdim." diyerek zamanınızı çalmayın kendinizden. Ne kadar zaman geçerse geçsin bir ilerleme yoksa ilerleyen tek şey zaman olur.

Eninde sonunda bitecek gibiyse bırakın bitsin daha fazla anı birikmesin. Anılar daha da zorlaştırır ondan uzak kalmanızı. Siz ondan uzaklaştığınızda o geliyorsa, sonrasında kırılan taraf yine siz oluyorsanız, bir daha gelmesine izin vermeyin bir zahmet. Seviyorum demesi yetmez, bunu göstermesi gerekir.

Bile bile acı çekmek sizi düşürür, bunu kendinize yapmayın. Değerli olduğunuzu görün. İnsanlardan uzak kalmayı deneyin, uğraştığınız bir şeyler olsun mutlaka. Önemli olduğunuzu siz, kendinize kanıtlarsanız herkes inanır zaten.

Belki de biz acıları seviyoruz ama mutluluğun rengini bilseydik onu da severdik.

O zaman mutlu olma zamanı!

Yemek yapın,

kuşlar, balıklar besleyin,

müzik dinleyin.

Ama artık değerinizi bilmeyen insanlara zaman harcamayın. Bırakın yaranız kanasın. Öyle ya da böyle, her şekilde kabuk bağlayacak zaten. Yaranız kabuk tuttuktan sonra kanatmayın artık. Kıymet bilmeyen o insanların sizi tekrar üzmesine izin vermeyin.

Bırakın bu roman yarım kalsın, ne de olsa sonu belli. Gerek yok okumaya. Başka kitaplar açın ama açmadan önce zihninizde dolaşan kelimelerin yerleşmesini bekleyin.

Unutma, seni mutsuz eden birisini bile mutlu edebilecek kadar iyi bir kalbin var. Mutluluğun kaynağı sensin, o zaman biraz da kendini mutlu et. Sence de artık mutlu olmayı hak etmiyor musun?

Belki bir süre pişmanlık saracak etrafını. "Acaba"larla savaşacaksın ki bu zaten çok normal. Ama defalarca düştüğün hatalar, affetmeler sonucunda ne değişti? Yolun başında unutman kolayken gittikçe zorlaştı. Ama olsun, sen güçlüsün. Bıraktığınız insanın da size dönmesini

beklemeyin. "Benim gibisini bulamaz, acaba pişman olur mu? Üzülür mü?" diye sormayın kendinize. Bunlar sadece kendi egonuz için sorulan sorulardır. Sizi sürekli yıpratmışsa bırakın gelmesin zaten.

Hem pişman olsa da ne olacak ki, defalarca kafanızı karıştıracak.

Unutmayın, biz bazı insanların pişmanlığını görmeyiz. Çünkü biz mutlu olurken pişman olurlar. Öyle güzel bir düzen var işte. Mutlu olduğun zaman artık onu istemediğinden pişmanlığı sadece ona acı çektirir.

Belki de biz yalnızlığı seviyoruz.

Kırgınlık yok,

beklenti yok,

yalnız olmak, mutlu olmak içindir.

İnsan yalnızken kendisini mutluluğa hazırlar.

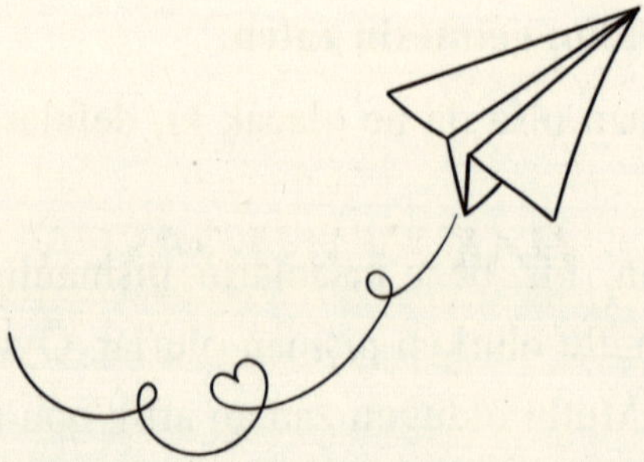

Zaten en büyük kötülüğü de
en sevdiklerimiz yapar.
Hani o hiç kötülük beklemediğimiz
insanlar.

HAK ETMİYORSUN

Özlüyorum. Aramak için telefona giden ellerimi, kalbime götürüyorum "*Bak kızım, bu yaralar geçmeden kalkışma hiçbir şeye.*" diyorum kendime. Yeni bir yara yenilgidir artık bana. Çok şeyler götürüyor bu "özlem" denilen duygu. Ama öğretiyor bir şeyleri,

bir sokağın ortasına atılmış hayallerini,

yara alıp hiçbir şey olmamış gibi gülümsemeyi dizlerimi kıra kıra öğretiyor bana.

Özlemek, duyguların en masumu. Sevginin gücü gibi. Özleyince, insan önemsemiyor hiçbir ihaneti. Kini yok ediyor kalbinden, intikam duygunu alıyor elinden. Elinden bir şey gelmiyor özleyince. Kalbinle gözyaşların arasına sıkışıp kalıyorsun.

Meğer insan en çok kendisine yeniliyormuş, yeni duygulara da zaten bu yüzden izin vermiyormuş.

Özlemek aşkın nazar boncuğu gibidir.

YORGUNLUKLAR BİRİKTİ KALBİME

Yoruldum.

Defalarca değmeyecek insanlara değer verip, derinden yara alıp, iyileşmeden aynı hayata düşmekten yoruldum.

Olmayacağını bildiğim hâlde heves ettim durdum güzel şeylerin olacağına. Her sabah umutla açılan gözlerimi yaşlarla kapattım. Boydan boya güvensizlik kokuyor insanlar. Her seferinde dallarımı kıran insanların yaprakları dökülse benden bildiler. Sesimi çıkarmadığım herkes sağır etti umutlarımı. Kırmaktan korktuğum kim varsa, korku saldı içime. Onlara sunmak için büyüttüğüm güllerin dikenleriyle geldiler bana. Kırgınlığımı anlatmaya gidip, kırgınlıklarla döndüm kalbime.

Yoruldum azizim,

her defasında yara almaktan.

Şimdilerde yara bandı yapıştırıyorum gülüşlerime. Ama sen gel desen, ben tüm yorgunluğumu unuturum.

Düşeceğimi bile bile yine düşerim gülüşlerine.

PLATONİK DOSTLUKLAR

Günümüzün en büyük hastalığı "arkadaş yetmezliği". Eskiden büyük sıkıntıları rahatlıkla birlikte aşan insanlar varken, şimdi küçük problemleri dağ kadar büyütüp fırsat buldukları zaman birbirine sırt çeviriyor sözüm ona dostlar.

Ama arkadaşlık, dostluk kavramları bunlar değildi. Yapılan her davranış içten geldiği için yapılırdı, günün birinde yüze vurmak için değil. Hele ki her fırsatta "Ben haklıyım."-diyen insanlardan uzaklaşıyorum içimdeki iyi niyetleri hak etmedikleri için.

O kadar güzel kullanıldı ki güzel niyetlerimiz... Artık tehlikeli olduğunu sezdiğim insanları kazanmak için uğraşmıyorum. Ama sevildiğime inanıyorsam da bırakmıyorum o insanı.

Arkadaşlık en kutsal sevgiydi şimdi ise sıradanlaştı duyguları bozuk insanlar yüzünden.

SANA GÜZEL GÜNLERLE GELECEĞİM

Sana şarkılar biriktiriyorum, büyük bir umut saklıyorum küçücük kalbimde. Evet, bir sabah seni bu şarkılarla uyandıracağım. Kahvaltıya yazdan kalma papatyalar ve sevgiler serpeceğim. Sıcak bir çay ne de iyi gelir şimdi. Sahi gelir mi o günler? Bak, ben güzel olan tüm cümlelerimi sana saklıyorum. Saklandığım yerden çıkıp geleceğim sana. Her sabah beni sevmen umuduyla uyanmaktan vazgeçmeyeceğim asla.

Sana gökyüzünden bulutlar toplayan hayallerimi seviyorum. Defalarca kırılan ama sevmeye devam eden kalbimi seviyorum.

Gülümserken etrafa saçtığın neşeni seviyorum. Sana yeşil renklerde sabahlar biriktiriyorum. Seviyor mu diye papatyaları kopartmıyorum. Hüznüme kattığın rengi seviyorum.

Bazen canım yanmıyor değil. Mesela hiç geçmeyecek gibi oluyor. Boğazıma takılan nefesimi içime çekip duvarıma astığım notlara değiyor gözlerim. İçimdeki minik kız çocuğu, ben uyurken yazmış.

Vazgeçme!

Sevmek güzel şey. Sevmesini bekleme, sen vazgeçme. Sevilen güzel insansa sevmek yakışır sana...

Sevmeden gidenler
zaman gibidirler,
O nedenle beklemeyin
dönmelerini...
Dönmezler.

ZAMAN KAYBIM

Ben kendimi umursamaz zannederdim ta ki sana denk gelen kadar. Önemsemezdim öyle çok aşk acısını. Şimdi anlıyorum ağlayan, gitmesin diye çabalayanları. Sen, beni büyüten çocukluğumsun. İnsan bir kere yara alınca zor iyileşirmiş, sonra bir daha da acımazmış canı. Bunu seninle öğrendim.

Yalnız kalmak sorun değil de, yaraları yanlış insanların iyileştirdiğini anlamak en büyük hata. İyileşiyor sanıyorsun ama gecenin bir vakti, özellikle yalnızken çok ağrılar oluyor. O zaman anlıyorsun yarayı açandan başkası o yarayı büyütür. İlk günler zor oldu. Aramak, sayıp sövmek, içimde tuttuğum ne varsa dökmek istedim. Vazgeçtim. **Belki de korktum, kırgınlığımı anlatıp tekrar daha fazla kırılmak ağır gelir-**

di. "Yaşayacaksın kızım bu acıyı." dedim kendime, "Gebersen de yaşayacaksın sonra güçleneceksin, ardından incitemeyecek kimse seni."

Hiç geçmeyecek zannettiğim o çocukluğumdaki heyecanım, deli yanım nasıl geçtiyse bu da geçecek. **Geçmesi gereken şeyleri geçmişte bırakmayınca geçen sadece zaman oluyor.**

İŞ İŞTEN GEÇTİKTEN SONRA

Beklemeyi bırakmak gerekiyor, o zaman geliyor gelmesi gereken ne varsa. Beklemeyi çok seviyorsan, bir çiçek al, onun açmasını bekle mesela.

Sabah doğan güneşi,

akşam ayın sana göz kırpmasını bekle.

Ama asla gideni bekleme. Seveceksen yine sev ama bekleme. Duyguları başka duygulara karışmış, göz bebekleri başkasına gülmüş, avuç içlerine başkasının dudakları değen birisi değmez senin beklemene.

Tüm beklentilerini boşa çıkaran bir insanı bekleme.

Yazı bekle,

baharı,

çiçekleri,

hatta kırmızı karın yağmasını bekle.

Ama geceni gözyaşına boğup, başkasının mutluluğu için çırpınanı bekleme. Küsme de kendine, belki de gidenler gelenler için en güzel teminattır. Mutlu olmak için mutsuzluğu tatman gerekiyordur. Senin de sınavın budur. Eğer gülüşünü seven birileri varsa onların senin gülüşünü izlemelerine izin ver.

Beklemeyi bırakınca, her şey kendiliğinden güzelleşiyor. Sen güzelleşiyorsun hatta acıların bile güzelleşiyor, seni daha olgun yapıyor.

Unutma, beklemek en çok seni bekleyenle güzeldir.

KENDİMİ KENDİME KÜSTÜRDÜM

Bazen çok kızıyorum kendime. Sanki ilk kez kalbim kırılmışım gibi verdiğim her tepkim sonradan önüme geçiyor. Bazen susmayı bilmiyorum ve karşımdaki insanın beni daha fazla kırması için ona koz veriyorum. Hâlbuki sussam, kazanan ben olacağım belki de. Neyse.

Başa dönmek gerekirse ne zaman kalbim kırılırsa ilk kez o duyguyu hissetmiş gibi oluyorum. **Oysaki kırılmışlığım çok, nedense alışamadım şu kırgınlıklara**. Nedense hayatıma giren her insanın mükemmel olduğunu varsaydım. O kadar çok değer verip anlamadığım anlamlar yükledim ki, hata yapma payı dahi bırakmadım. Bu nedenle beklemedim asla incitmelerini. Beklentilerimi bir kenara bırakmayı öğrenemedim. Beni aslında en çok ben kırmışım.

Tüm kırgınlıklara gülümsediğim için, içim içimi yese de kabullendiğim için bana en çok ben kıymışım. Tutamamışım şu dilimi, kendimi ifade etmek için kurduğum her cümlem yanlış anlaşılmış, sonra yanlış yapılmış bana.

En çok da buna yazık.

ANLADIM Kİ

Seni sevince anladım sevmenin sevincini. İçimdeki tüm kelebekleri avuçlarına bırakıyorum sevgilim.

Gökyüzünü,

maviyi,

ve papatyaları en çok bize yakıştırıyorum.

Yeşile boyuyorum rüyalarımı. Dokunduğun parmaklarını sürüyorum gülüşüme. Seni her gördüğümde ilk kez görmüşçesine göğüs kafesime sığmayan kalbimi seviyorum. Daha bir anlam veriyorum annemin dinlediği türkülere. Saklanan tüm çeyizin anısını şimdi idrak ediyorum. Küstüğüm kim varsa barışıyorum, kin tutmuyorum mesela. "Yeniden başlamaz." diyenlere inat yeniden seviyorum seni. Gülüşüne binlerce anlam yüklüyorum, gittiğim yerlere yeniden gidiyorum. Keşfettiğimi zannettiğim tüm mekânları seninle yeniden keşfetmeyi seviyorum.

Meğer ne kadar da boş bakmışım. Anladım ki seninle anlam kazanıyor herşey, her şeyim…

Ciğerimi sıkıştıran bu özlemi çekip
çıkarabilseydim içimden, gökyüzünün
maviliğini de görebilirdim.
Ama olmadı,
siyah ve bulutsuz bir gökyüzüm var.
İster misin?

YANLIŞ DÜŞÜNÜYORSUN

Belki de şu an insanların seni ne kadar da çok üzdüğünü düşünüyorsun. Hatta tüm kötüler seni buluyor değil mi? Ne kadar iyi olursan ol, yine de sevilmediğini düşünüyorsun ama unutma, öyle böyle büyüyeceksin. Olan biten her şeyi kabullenmeye başlayınca büyüdün demektir. Saatlerce açıklamalar yapmayacaksın artık, o neşeli yanını sadece samimi bulduklarına açacaksın. En doğru olanı da bu zaten.

Asla ziyan etme neşeni,

güneşini.

Evet, belki şu an "Ben bunları hak etmedim." diyebilirsin. Unutma, kimse üzülmeyi istemez. Herkesin büyüme hikâyesi başkadır. Herkesin masalı mutlu bitmez bazen. Ama mutlu başlar. O nedenle, eğer hikâyen mutlu başladıysa sen ödülünü almışsın zaten.

Baktın ki insanlar seni anlamıyor, hiç olmadığı kadar yalnız hissediyorsun kendini, o zaman içini kendi içine dök. Kendinle konuş, "Ne istiyorum? Ne mutlu eder beni?" diyerek kendini keşfet. Sen kendine değer ver ki seni üzen olmasın.

Üzüntüler ve acılar bizi olgunlaştıran tatlılardır.

Hata yapmaktan, değer vermekten asla korkma.

Defalarca düşsen bile sağlam bir şekilde ayağa kalk. Etrafında seni iyileştirecek kimse yoksa sen kendini iyileştir.

Kimsenin senin yaranı keşfetmesini bekleme. Unutma, yaranın nerede olduğunu en iyi bilen sensin. O zaman vakit kaybetme.

Elbette ağlayacaksın. Bu şekilde öğreneceksin zaten mutluluğun güzelliğini.

Gökyüzünü çalanlara sen papatyalar sun. İyilik nedir, öğrensinler.Seni üzen insanları gülümseyerek üz.

Hayattan her zaman ders çıkar. "Keşke tanımasaydım." diye yakınmak yerine kendine çıkardığın dersler ile yeni insanlar tanı. Düştüğün hatalara tekrar düşmemeye çalış. Düştüysen de korkma, geçmez dediklerin geçtiyse, yeni başlangıçlar yaptıysan yine yapabilirsin.

Bu sadece biraz zaman alır.

Yeterince acı çekmemiş insanlar kendilerini mutlu zanneder. İçlerinde biriktirdikleri acıları dışarı bıraksalar gülüşlerinden gözyaşı akar.

Bir şeyleri asla içine atma. Kızman gerekiyorsa kız, gemileri yakmaktan korkma. Yeni insanlar her zaman keşfedilmeye değer. Kendi gemilerini kendin icat et.

Ama bunu alışkanlık hâline getirme. Kendini iyileştirmeden asla açma kapılarını. Yoksa yaraların daha da büyür.

Bir beni sevemedi kalbin,

bir bana gülmedi yüzün.

Herkese gül bahçesi, bana çürümüş dallar uzattın.

Uzaktın bana, en yakının olmama rağmen.

Beni karanlıkta bırakıp ışıklar saçtın gülüşünle.

Benden çaldığın çiçeklerle başkasının kapısını çaldın.

Oysa benim kapılarım sana hep açıktı, yaralarım da.

Ama yine de özlemekten vazgeçmedim. Geçtim yine geçtiğin tüm yollardan.

Yüzüme her gülüp arkanı dönüşünde, kızgın demirler saplandı içime. Bak, nefes alamıyorum yine. Ara sıra da olsa yokluğumu ara. Hisset hissizliğini, kibrini. Bir bana atmadı kalbin ben sana can atarken. Herkese maviler verip bana siyahlar sundun.

BENLİĞİNİ FARK ET!

Hüzünlenme artık.

Kendine güven.

Seninle gelmek isteyenler gelir zaten. Kimseyi çıktığın yola zorla götürme. Bu sayede yarı yolda kalmak gibi bir derdin de olmaz. Senin mutluluğa giden yolunda çamuruna katlanan insanlar papatyalarını hak eder. Bak, yaz geldi papatyalar açtı yeryüzü. Hüzünlerine biraz mola ver artık. Seni sen olduğun için seven insanlara sıkı sıkı sarıl, kaybetme onları. Asla sevgiyle şımaran insanların kimliğine bürünme. Sana bir adım atana senin on adım atmana gerek yok, birkaç adım atsan da yeter. "Ne kadar seversen o kadar sevilirsin" zamanında değiliz artık. İnsanlar çıkarı olmayan kişileri sevmiyor bile. Sen gönlünü temiz tuttuğun sürece iyiler gelir, seni bulur. Alır, çıkarır seni siyah kentin yıkık dökük sokaklarından. Her istediğinin olmasını asla bekleme. Mutlu olmak istiyorsan mutlu et. Mutluluğu içinden geldiği için yap. Çünkü içten yapılan her duygu karşılık bulur zaten.

Acılarını sev,

kendini sev.

Seni olgunlaştıran insanlara kin tutma. Giden gitsin, bırak. Bir insanı zorla yanında tutup mutlu olan görülmedi daha.

Hüzne ara ver. Bak papatyalar çok güzel hâlâ.

ÇOK BEKLEMEYİN

Sizi sevmeyip, sizin sevginize karşılık vermeyen insanlar olacaktır mutlaka. Belki de şu an da vardır, hiç vakit kaybetmeden çıkarın onları hayatınızdan. Çünkü onlar yalnızlıktan korkan insanlardır. Sonuçta iki farklı duygu var ortada. Onu hayatınızda tutarak mutlu olmamayı göze alıyorsunuz demektir. "O hayatımda olsun da nasıl olursa olsun." gibi bir düşünceniz varsa eğer hemen unutun bunu. Sevdiği kişinin bir başkasıyla olan mutluluğunu hiçbir yürek kaldıramaz. Bu en kötüsüdür. **Yani karşılıksız aşktan daha kötüsü, âşık olduğun kişinin bir başkasını mutlu ediyor oluşudur.**

İçinizdeki yarayı bir tek siz bileceksiniz ve onu hayatınızda tutmaya devam ederek çürüteceksiniz içinizi. Her defasında apaçık bir dille size değer vermeyen ama yanınızda kalmak isteyenleri gönderin. "İyi olduğun için seni kaybetmek istemiyorum." diyen insan, günün birinde o iyi olan yanınızın da katili bizzat kendisi olur.

Bencilce düşünülmüş sözler varsa ortada, zaten onlar sizin iyi yanınızı da hak etmez. Biliyorum, zor gelebilir. Bu etinizi yavaş yavaş koparmakla eş değer belki de. Ama yapın. Eğer kangren olmuşsa etiniz, vücudunuzun her yerine dağılmadan koparıp atın. İlk aşamada çok can yakabilir ama unutmayın, bazen biraz can yanması iyidir o canı tamamen çürütmemek için.

BİLEMEZSİN

Belki doğru insan şu an hayatında değil. Belki de denk gelmemen hatta tanıştığına pişman olduğun insanlarla kesişti yolların. İşte bunların tek sebebi, hayat seni doğru insana götürüyor demektir. Zaman geçtikçe daha seçici olup en doğrusunu seçeceksin. Zaman seni güzel bir insana hazırlıyor buna inan. Yaralarının yerini gösterince oraya tuz basanı değil, yaranın yerini kendisi bulan insanı sev. Unutma, bir sen yalnız değilsin ve senin gibi mutsuz olan çok fazla insan var. Bunlardan en kötü olanı ise, mutsuzken mutluymuş gibi görünendir.

O insan bir gün çıkıp gelecek sana. Sen yeter ki gönlünü ferah tut, bazı şeyleri yüce olana bırak. O geldiği zaman yemin et kendine, yemin et kalbindeki tüm kırılmışlıkların acısını ondan çıkarmayacağına. "Beklediğime değdi." de, "En çok onu seveceğim." de. Çok sev. Çünkü sevilmemek nedir, en iyi sen bilirsin. Kimseyi de geçmişiyle yargılama. Önemli olan sana nasıl geldiğidir. Emek ver, değiştirmeye çalışma asla ve sen de değişme. Ortada sebepler yokken yükselmeyin,"Ne de olsa seviyor." düşüncesi sizi şımartmasın. Ummadığın bir anda birisi çıkıp gelecek karşına, ummadığın bir insan sunacak sana mutluluğu. Kalbini her zaman güzelliklere açık tut.

ZAMANLA ÖĞRENİYORSUN

İnsan önce beklemeyi öğreniyor sonra sabretmeyi, sabrettikçe gidenin de gelmediğini öğreniyorsun. İnsanlar seni uçurumun en dibine getirip "Neden karamsarsın." diyecekler, duyma onları sen.

Birileri için çabalayıp olmadığında, çabalarınızın boşa gittiğini gördükten sonra bile tüm insanlara olan inancını yitirme. Sadece kabuğuna çekil bir süre. Çünkü yeni başlangıçlar için eskilerin bitmesi gerekiyor. Bilemediğin yolculuklar dene, seni ne mutlu ediyorsa onu yap. Mutlu edecek bir şeyin yoksa bul, keşfet kendini.

Biliyorum, hayatta her şeyin üstüne geldiğini, kimsenin de seni anlamadığını düşünüyorsun. Haklısın, her şey geçecek demiyorum elbette, derin izler kalacak ama unutacaksın. Ya yeni bir mutluluk, ya da yeni bir yara unutturacak sana unutmam dediğin o derin hisleri. Tercihini kendin yapacaksın.

Defalarca aynı hataya düşmeyi bırak evvela. Yine iyilik yap, yine sorgusuz sualsiz güven birilerine ama kendini yormadan yap bunları. Mutlu olacaksan bile kendini yormadan yap. Anlık duyguların elbette tadını çıkar ama ileriyi de her zaman düşün. Seninle aynı yola çıkmış gibi görünen insanların gerçekten o yolda olup olmadığına emin ol. Bazen sorgulamak bazense sessiz olmak gerekir. Uzaktan daha iyi görürüz yakınımızdakilerin bize verdiği değeri.

PENCERE KENARINDAKİ YALNIZLIK

Biz seninle güzel anlaşırız çünkü aynı yerden yara aldık.

Pencere kenarında, saksı saksı çiçekler büyütürüz belki de. Kendi düzenimizi kendimiz yaratırız. Yeterince kırılan insanlar birbirine denk gelirse kırmazlarmış birbirlerini. Kırılmayı iyi biliyoruz.

Her sabah gökyüzüne mutluluğumuzu ilan ederiz. Yeterince kaybeden insanların kaybetme korkusu olmaz. Biz birbirimizi kaybetme korkusu olmadan sevelim. Sessizliğimiz çok şey anlatsın bize mesela. Yitip giden aşklara inat yeniden sevelim. Karşılaşmadan önce dinlediğim her şarkıyı seninle tekrardan dinlemek istiyorum. Bakışlarımızın denk gelmediği her gün için duvara neşterle bir çizik atalım. O günü yaşanmamış saymak en güzeli. Ben seninle karşılaşınca öncesini karaladım. Bak ömür geçiyor. Zaman kaybetmeden sev beni.

Yaramın yarana denk gelen yerinden sev beni. Ne zaman gülüşüne denk gelsem iyileşiyorum yavaş yavaş. Açılan her yaramda artık çiçekler açılıyor. Gülüşlerin hayallerime değsin. Değsin şunca yaraları almış olmama seni sevmek.

Biz seninle güzel anlaşırız, yeri gelir ağlaşırız ama yine bakışlarımızı buluştururuz bir bebeğin gülüşünde. İnsan yarasından anlayanı seviyor.

ANLAMIYORSUN

Anlamıyorsun zihnimdeki düşüncelerimin duygularımı nasıl zehirlediğini. Ben dünyaya, sen ise bana körsün.

Ah, ne zormuş anlaşılmamak. Anlamıyor olman değil de anlamak istemiyor olman incitiyor sevgimi. Bir memleketin sevgisini içime koyduğum gibi hasret kaldığımı bilmiyorsun. Sen beni sevmemeye meyillisin. Sevsen, içimdeki yangınları gözyaşlarımla söndürmeye çalıştığımı görürdün. Ah, ne kadar da yanıyor canım keşke görsen. Sitemim yok sana, olamaz da. Farklı yaşanmışlıklara sığdırıyorum içimdeki dinmeyen sızıları.

Anlamıyorsun soğuk bir cümlenin içimde oluşturduğu buz kütlelerini. Özleyince arsızlaşan duygularımı nasıl dizginlediğime hiç şahit olmadın çünkü. Sen yüreğimin merkezine oturmuş en büyük hayal kırıklığısın. Şimdilerde içim kırıklarla dolu bir ütopya.

Sen gülüşüyle ciğerimi kül eden soğuk su damlalarımsın.

Anlamıyorsun, anlaşılamamanın ne kadar anlamsız olduğunu.

SEN YENİLİKLERİN ÇİÇEKLERİSİN

Elbette üzüleceğiz ama ben, seninle olan kavgalarımı asla bir gülüşe değişmeyeceğim. Kırık dökük evimizin penceresinde her zaman çiçekler yetiştireceğim sana. Bak biz bu yolda belki düşeriz ama ilerleriz mutluluğa. Sen beni sevmekten yeter ki vazgeçme.

Ağladığımız zamanlar da gelecek. Beni ağlatan sen olsan bile gözyaşlarımı da sen sil, yanaklarıma parmakların değmeden. Umutsuz sabahın güneşisin sen. Güzel seviyorum seni. İçimdeki kelebekler çok şanslıyım diye mektuplar gönderiyorlar gülüşlerime. **Zor günlerimiz de olacak, biz zor zamanların zor insanları olalım.** Emin olalım sevgimizden. Tatlı uykularımıza kalp ritimlerimiz eşlik etsin. Parmakların değince parmaklarıma, silinecek tüm korkularım. Sen benim sevmekten korkmadığım en güzel korkumsun benim.

Bu yolda elbette engeller olacak ama biz el ele verip basamak gibi çıkabiliriz bulutlara.

AŞKA MÜCADELE

Depremler olmuş şehrin sağlam kalan köprüleriyiz biz seninle. İçimiz yıkık dökük, yine de bir şeyleri bir araya getirme çabasındayız. Ama detayları kaçırıyoruz sevgilim. Biz ayakta kalsak bile aşkımızın, iyi niyetimizin çoktan selası verildi. Bizim seninle yan yana geldiğimiz için verdiğimiz her çaba bizi biraz daha geriye götürdü. Biten şeyleri tekrar yaşamaya çalıştık. Bu külü tekrar yakmaya benzer biraz.

Bizim seninle aramızda küller bile kalmadı. Geç kaldık.

Gülmeye, mutlu olup sokak ortasında kahkaha atmaya, birlikte çay içmeye geç kaldık.

Yalın ayak yürüdüğümüz ateşler bile ısıtamaz artık bizi. Öpünce geçmeyecek artık kalbimizdeki hiçbir yara. O ilk heyecanlar yaşanmaz bir daha.

Hevesi kursağında kalmış iki çocuğuz artık seninle. Şimdi kuruyan gülleri balkonumdan sarkıtıyorum. Ayrılık sinsin duvarlarıma. Sen mutlu olana kadar gülümsemeyi unutsun gözlerim.

Sen benim "keşke"lere sığdırdığım en güzel özlemimsin.

İNCİTMEDEN SEVMEK LAZIM

Bir insanı severken yormayın. "Ne de olsa seviyor." diyerek incitmeyin. İnsan zaten çok en sevdiğine kırılır.

Parmak uçlarına kelebekler bırakıyor gibi tutun elinden. Sıkı sıkı sarılın içinizdeki sevgiye. Tüm korkular sizden korksun.

Gitmeler,

yalanlar,

aldanışlar,

uzak olsun aşkınızdan.

Hayatınıza aldığınız insanı iyi seçin. "O bana mutluluk sunabilir mi?" deyin kendinize. Akılda soru işaretleriyle, kalpte güvensizlikle başlayan hiçbir ilişki mutlu sonuçlanmaz.

Öylesine hayatınıza aldığınız insanların içinde ölüm gibi acılar bırakmayın. Hayatınıza aldığınız her insan size mutluluk verdiği gibi sizden de çok fazla şeyler götürecektir.

Herkesle konuşulmaz. Herkese kalp açılmaz. Sonra "Neden kimseye güvenemiyorum?" der durursunuz. Yok etmeyin içinizdeki güzellikleri. Duygular en çabuk tükenen şeydir.

Güzel sevin,

incitmeden,

yormadan,

korkutmadan.

Her an çekip gidecekmiş hissi uyandırmayın insanlarda. Aksine ne olursa olsun "senin yanımdayım" duygusunu verin ona. Küçük problemleri durmadan büyütüp gökyüzüne çıkarıp karşı tarafı kendinizden uzaklaştırmayın. Unutmayın, her insan hata yapabilir.

İçinizde umut varsa savaşın. **Savaşmak aşkın en kutsal hâlidir. Aşk zor kazanılmış insanları daha çok sever.**

KENDİME UZAĞIM ARTIK

Herkes her şeyin güzel olacağını söylüyor. Ama nedense mutsuzluğun dibini görmeden zirveler görünmüyor. Zamana bırakıyorum zamanı. Biliyorum, kabullendim bazı şeyleri. Mesela insan en çok yalnızken düşünüyormuş, insan en dibe düşmeden güzelliklerin kıymetini bilemiyormuş. Ben de olan bitenleri izliyorum sadece. Hiçbir olay şaşırtmıyor artık beni.

Mutlu olacağımıza dair dedikodular olsa da hemen gerçekleşmiyor ihtimaller. Kim demişse yalan demiş. Vallahi henüz mutlu değiliz.

Dörtnala mutluluğa koşarken durup düşünmeyi öğretiyor acılar bize. Geçmişi düşünmeden geleceğe gidemiyoruz. Dersler çıkarmamız gerekenleri önemsemiyorum. O anda ne istiyorsa kalp, beyin de onu yapıyor.

Biliyorum bir sabah güzel olan tüm ihtimaller çiçek açacak.

Kişiye özel ders veriyor acılar bize. Kendine getiriyor seni. Aslında bazı aynı olayları yaşasak da herkesin aldığı notlar farklı oluyor.

Bazen kendinden uzaklaşıyorsun. Bir insana ne kadar çok gidersen, kendine de o kadar hasret kalıyorsun. Kendinden gidince kendine zor geliyorsun.

Belki mutluluktan uçmayız ama en azından ayaklarımız yere sağlam basar.

BEN SANA KIRGINLIKLAR BİRİKTİRDİM

Üzdün yalan yok.

Yalanların olduğu için üzdün. Üzülmek problem değil. Ben sana gelirken zaten kırıktı içimdeki ülkenin tüm camları. Sırılsıklam olmuş bedenimle, avucumdaki kalbimle.

Beni herkes üzebilirdi ama sen hayal kırıkları serptin ömrüme. Adam "gibi" sevmeye çalışıp, "gibi"lerle doldurdun kalbimi.

Aşk gibi,

Sevmek gibi,

Seviyor gibi,

Ölüm gibi.

Beni üzdüğünde bile seni kırmamak için kendimle savaştım. Zaten bu yüzden yenildim sana.

İnsan sevdiğinden emin oluyor ama sevildiğinden asla. Sen yine de üzülme diye ben mutlu gibi de davranırım. Yine sorgulamam hiçbir hareketini. Tüm gidenleri unutur, çağırdığında koşarım sana.

Kim ne derse desin, boş ver, bu da benim ayıbım olsun. İnsanlar sadece mutlu olduğunda aşk yaşadıklarını varsaysın. Ben senden gelen mutsuzluğu da seviyorum. Çünkü inandım bir kere sevdiğine.

Defalarca birleştirmeye çalıştığım parçalarımı kırdın durdun. Beni kendimle savaşmak zorunda bıraktın. Ve bu aşkın kahramanı da galip geleni de sen oldun.

İnsan en çok kendine söz geçiremiyor, bu yüzden geçemiyor ondan. Geçip gidemiyor mesela. Bir anda kesip atamıyor.

İYİLEŞEN ANILAR

Acılar iyi ki var.

İnsanın kendisiyle baş başa kalmasını sağlıyor. Sürekli olmasa da bazen tüm kargaşadan kaçıp sığınacaksın kendine.

Belki de hüzünler sayesinde kendimizi tanıyoruz. Neye kızacağımız, neye güleceğimiz bir süre sonra değişiyor. Bırak değişsin.

Değiş.

Daha fazla kırılmamak için değiş. Kalabalığı, gösterişi, belki de bol bol kahkahalarını sevebilirsin. Her hüznünü bu şekilde atlatmış da olabilirsin ama ağladığın geceleri bir tek sen bilirsin.

Bir olay, bir insan sende yara açmışsa eğer o yarayı gülüşünle kapatma her defasında. Unutma acıyı en iyi gözyaşı temizler.

Kendini yenilemeden yeniliklere açma içini. Toparlanmayı bekle. Beklerken de göreceksin ki her insanı hayatına almaman lazımmış. Kimsenin göründüğü gibi yanında olmadığını göreceksin.

Duygularımızı her seferinde erteliyoruz.

Seviyorsan söyle. Kırıldığını belli et.

Anlamıyorsa karşındaki, açık dille belirt. Sen söylemedikçe o kırılmalar büyüyecek. Hâlinden memnun gibi görüneceksin. En sonunda dayanamayıp geç kaldığında ise "Şimdiye kadar neden bir şey demedin de yeni diyorsun." diyecekler.

Kırıldığını söylediğin hâlde kırılmaya devam ediyorsan, o insanları bir süreliğine uzaklaştır kendinden.

İyiliklerinden, gülüşlerinden bırak mahrum kalsınlar. Belki geri gelir, geri gelmezse daha fazla kırıcı olmasın bu durum.

Acılar iyi ki var. Yoksa mutluluğun tadı çok sıradan olurdu. Heveslerimiz olmazdı mesela.

Acılar mutluluğun gözbebeğidir.

Beni
aptal yerine
koyduğun her
şeyin farkında
olacak kadar
akıllıydım.
Sesimi
çıkarmadıysam
sevgimdendir.

BU AYRILIK BİZE FAZLA

Biliyorum, gururumuzu bir kenara bıraksak üstesinden geleceğiz bu ayrılığın.

Kırıldım ben de. Hatta daha da kötüsü, kırgınlığımı anlatmaya çalışırken daha çok kırıldım, daha çok yandı içim. Seni kazanmak uğruna verdiğim savaş bana çok şey kaybettirse de vazgeçmedim senden.

Nasıl olur da anlaşılmaz hislerim. Anlattıklarımı anlamadın, anlamadığın yetmezmiş gibi anlattıklarımı da yanlış anladın. Yanıldın, senin kurduğun gibi basit sevmedim seni. Yere göğe sığdıramadım mesela. Dualarla süsledim gülüşünü. "Keşke"ler sarsa da etrafımı iyi ki dedim iyi ki seviyorum.

Biliyorum, sarılsak geçecek içimdeki tüm korkular. Bu kez yeni bir başlangıç yapalım. Gerekirse çekilelim bir süre kendi içimize.

Ama bitmeyelim biz. ***Bitersek yenilirim tüm yeniliklere. Sen benim kendime ayırdığım son gökyüzümsün***. Son perdesisin bu şehirdeki sahnenin. Başlangıçların sonusun. Yeniden sevmeye, insanlara alışmayı çıkarırım hayatımdan.

Bilirsin ürkek kalbim sana zor alıştığı için senden kopamıyor. İnsan savaşlar verdiği bir aşkın çöküşünü kolay kolay kabullenemiyor.

İzin ver, yeniden başlayalım. Üstesinden gelelim başlayamadığımız ne varsa. **Ben inanıyorum, bir sokağın sonuna kadar kahkahalar atıp o sokağı maviye boyayacak yeniden gülüşlerimiz.**

KALBİNE YAKIŞANI YAP

Herkes kendine yakışanı yapar. Sen gülümse her zaman ama ben ağlarken gülümsemek sana yakışmaz bilirsin.

Evvela aşka yakışmaz.

Anladım ki aşkı bilmeyende aşkı aramak, ölü bir insanın kalbinin atmasını beklemek gibi. Olmuyormuş zorlayınca bazı şeyler. Ne kadar çok sevsen de yetmiyormuş. Kabullenmek gerekiyor bazı şeyleri. Mesela o insanın sevgime asla karşılık vermeyeceğini, günün birinde unutup aklıma bile gelmeyeceğine inanmam gerekiyormuş.

Gitmek isteyen de bir şekilde gider. Onu kaybetmeme korkunu hatta ona olan güzel davranışlarını bile bahane edebilir. Yeter ki gitmek istesin insan. Bir şeyler bulur gider. İlk zamanlar onu çeken ne varsa onları yok sayıp, onca vefaya karşılık vefasızlıkla çıkıp gider. Sanki hiç sevmemiş, senin için hiç savaşmamış gibi. İnsanı da bu üzüyor zaten. İlk zamanlar bu kadar uğraşan, kazanmak için bu kadar efor sarf eden insan ne oldu da bir anda gitme kararı aldı. İnsanlar artık yarı yolda bırakmalar için savaşıyorlar. Bu da onların egosunun tatmini bir nevi. Aşk için değil, kendileri için karşı tarafı kazanmaya çalışıp sonrasında yeni heyecanlar arayabiliyorlar.

Herkes kendine yakışanı yaparmış. Bu aşk yakışmadı senin kalbine. "Sevgin yetmedi." diyemezsin. Sevgim fazla geldi sana. Sonra içimdeki hiçbir fırtına dinmedi. **Defalarca aynı noktada takılıp ileri gidebileceğimi sandım**. Yanıldım. Yanılmak en çok aşka yakışırmış. Olan bitene sessiz kalıp sonrasında sesimin çıkması saçma olmuş aslında. **Düğümü sonra çözerim diye ertelediğim her şey içimde büyümüş.**

İnsan sevilmediğini, kendi sevgisi bitince anlıyormuş. Sevgi bitmeden açılmazmış gözlerdeki perde.

Meğer sen ne çok yıpratmışsın beni. Meğer ne çok ağlamışım sen gülerken. Bunu ağlayamayınca anladım.

Ben yaralarını öpüp iyileştiririrken,
sen yeni yaralar açtın bana...

YARI YOLDA KALANLAR

Bırakmayın insanları. Hele ki size emek vermişse, sizin her anınızda yanınızda olmuşsa, bir zahmet bırakmayın.

Sıkı sıkın tutun ellerinden. **Belki de sen onun aşka ve sevgiye verdiği son şansısındır**. Çok sevmek zorunda değilsin, nankör olma yeter. Ne de olsa beni bırakmaz diyerek incitme onu. Sana zaafları olan bir insanı bile bile incitmek, karaktersizliğin en büyük göstergesi.

Onun en ihtiyaç duyduğu zamanda, o çağırmadan yanında ol. Dünyada yalnız kalsa bile sırtını yaslayacağı kişi olarak kal aklında. "Ne kadar değer verirse o kadar değer veririm." gibi saçmalıkları çıkar aklından. Kalbin ne kadar severse bırak sevsin. Aşk seni sevende güzeldir. Unutma, sevmeyen bir kalp ölü bir gökyüzüdür.

Sana tüm kalbiyle gelene tüm çiçeklerinle git. İnan bundan daha doğal hiçbir şey yok. Bir insanın yüzünü güldürebiliyorsan o insanı ağlatan kişi de sen olma. Bu kadar çakışma kendinle.

Bir kalp sevildiği kadar çiçekler açar. Sevmiyorsa çoktan kurumuştur çiçekler.

İleride gülüp geçeceğiniz kırgınlıkları büyütüp, her fırsatta yüze vurmak yerine alttan almayı bilin. Gerçek aşk istiyorsanız fedakâr da olmanız gerekiyor. Laflarla yürümez hiçbir şey. Bunu göstermeniz gerekiyor. Sürekli hediyeler alıp sevgi sözcükleri tüketmenize gerek yok, bu zaten çok içten olmadıkça etkili olmaz. Hediye almak için özel günü beklemeyin, sevmek için aşkın kalbinizden taşmasını bekleyin. Öylesine çıkmasın her cümle ağzınızdan.

Gerçek aşk emek ister, hızlı başlayan ne varsa hızlı biter. Unutmayın, heves ayrı bir şey, aşk ayrı.

BİTİRMEK YENİ BAŞLANGIÇLARA KOŞMAKTIR

Bazı vedaları uzatmamak gerekir. Uzatılan her veda kalbin sancılarını çoğaltır.

Evvela elinden gelen ne varsa yapıp sonra zamana bırakmam lazım.

Gitmeye meyilli birisini yanında tutmak, cesedi çürümüş birisine kalp masajı yapmak gibi. Olacağı yoksa olmaz bazı şeyler. Bu nedenle yitirilen duygular varsa eğer, bazen vedalar doğru olan bir davranıştır.

Kurtarılır diye sarf edilen her çaba sonucunda bile etrafa kalp kırıkları saçılıyorsa size gitmek yakışır artık.

Daha fazla çabalamak aslında karşılıkla daha fazla yıpranmak demektir.

Veda etmedikçe hayal kurmalar devam eder. Sen bittiğinden habersiz, güzel günlerin hayalini kurarken karşı taraf hayallerine başka renkler bulmuş olur. Sevildiğinizi hissetmiyorsanız sizin sevginizin bir anlamı olmaz karşı tarafta.

İnsanlar sadece sevdiğine kıyamaz. Hep sevip hem kırılan sizseniz eğer, oturup biraz düşünmeniz gerekir.

Zaman geçtikçe daha fazla emek harcanır. Zaten yollar ayrıldıktan sonra, insanı verdiği emekler yorar. Bir ilişkide ne kadar emeğin varsa o kadar üzülürsün yolun sonunda.

Öyle güzel sevin ki vedalar bile en çok size yakışsın.

İstenmediğiniz yerde durmayın. Sevecekseniz yine sevin ama durmayın. Bu sizi sevmeye de küstürür.

Sen benim kendime yenildiğim,
bende yeni duygular uyandıranımsın.

YİNE, YENİDEN SEV BENİ

Sonra yeni bir sayfa açtım kendime. **Kuşları ölmüş gökyüzüme kurşun kalemden kuşlar çizdim.**

Bir ekim akşamı sen geldin yine. Yine yenildi sevgim nefretime. Yine ateş olduğunu bile bile salıverdim içimdeki zincire vurulmuş kelebekleri.

Azizim bu kez yorgunum, sevgimi göstermekte karasızım. Dizginlesem de aşkımı, çıkıyor bir yerden güzellikler. Yenileceğimi bile bile yenileniyorum seninle. Aşkla atan tüm hücrelerimi serbest bırakıyorum tekrardan. Mutluluk şarkıları dinliyorum bu kez. **Defalarca gitsen bile geldiğin zaman herkes gitsin istiyorum.**

Herkes gitse bile sen sarıl bana. Yaralarımız birbirine denk gelsin istiyorum. Senin hüznünü bir mutluluğa değişmem artık. Mesafeler ilk kez bu kadar güzel görünüyor.

Hoş gel kalp çırpınışlarıma, kırgınlığıma, hüzünlerime. Bu kez sen saracaksın beni, sen koruyup sahip çıkacaksın. Birlikte üstesinden geleceğiz tüm acıların. Ve acısını çıkaracağız tüm yaşanmamış anıların.

Pazartesileri daha çok seveceğim. Her yeni gün daha çok yaklaşacaksın kalbime.

Ve bir sabah senin gülüşünle açacağım gözlerimi.

Kolay kazanılan bir aşk değil bu bilirsin. O nedenle kolay kolay kaybetmek istemedim hiç. Bir gülüşün için günlerce bekledim durdum. İçimdeki tüm durgunluklarımın durmayan yanısın sen. İyi ki geldin. İyi ki yitirdiğim umutlarımdan tutup çıkardın beni.

Yine, yeniden seviyorum seni. Ömrüme ömür kat bu sefer. Gitmeler gitsin, sen kalmalardan bahset bana.

**İçimde kopan fırtınaları
yine kendim dindirdim.
Ağlarken
gözyaşlarımı kendim sildim.
O yüzden yalnızlık bana
zarar vermez artık.**

AŞK EN GÜZELE YAKIŞIR

Belki de biz abartıyoruz insanları. Anlamsız olan her davranışa binlerce anlam yükleyip düşüncelerle kemiriyoruz duygularımızı. Bazıları en başında belli eder aslında kendisini ama ısrarla değişir umuduyla katlanıyoruz işte.

Derin insanlarız vesselam. Ama kimi tanısak kendi derinliğimizde biz boğuluyoruz yine.

Her seferinde kırılıp toparlıyoruz duygularımızı. Bizi mutlu edeni değil de defalarca üzene aşkı layık görüyoruz. Bundandır mutsuzluğumuz…

Anlaşılmıyoruz, aslında basit problemin zor çözümüyüz. Her sabah umutlarımızı da karşımıza alıp bir bardak çay içiyoruz. Sonra nasıl oluyorsa o da soğuyor gittikçe.

Umudumuzu, umut beklediğimiz insanlar yüzünden yok ettik. Kendimizi topladığımız yerden dağıttık her seferinde. En çok ne canımızı acıtıyorsa ona zaafımız oldu.

Saat 02.53

Kim bize uzaksa
biz hep ona yakın olduk.
Ondandır kendimize olan
bu uzaklığımız.

BİTEN GÜZELLİKLER

Güzel sevgilim, ayrılmamıza 5 saat 50 dakika var. Sen uyudun.

Sen beni tutmayınca uyku da tutmadı. Bak, hep böyle oluyorum sen uyuyunca. Sessiz kimsesiz hissediyorum kendimi. Kızacaksın belki ama ikinci sigaramı yakıyorum.

Birazdan hava aydınlanacak ve biz karanlığa teslim olacağız. Parmaklarımı ayrılıklarda gezdirip ben de teslim edeceğim gözlerimi, hayallerimi. Sabah olunca alelacele giyinip ekmek almaya koşturacağım. Farklı gökyüzünde atacak kalbimiz.

Sevgilim!

Bende açtığın yaraları sarmaya geldim. Bilirim, gücün olsa sen de gelirdin. Yokluğunu sevdiğim adam, varlığına binlerce kez şükürler olsun. Sen benim canıma can bildiğim. Sen benim güneşimdeki karanlık yanımsın. Sen benim acım, sen benim gülüşlerimsin. Son bir sigara daha yaktım. Biraz başım ağrıdı ama olsun.

Birazdan güneş doğacak ve yollarımız ayrılacak. Sonra İstanbul küsecek Kız Kulesi'ne.

Saat 00.20

YALNIZCA DARGINIM

Bazen başımı alıp gitmek geliyor içimden. Ama başımın içindekileri atamadıktan sonra gidecek hiçbir yerimin olmadığını görüyorum.

Gözyaşlarımı çıkarıp valizimden, oturuyorum dağınık salonun tam ortasına. İnsanın içi dağınık olunca etrafın çok da önemi olmuyormuş. Bunu için dağılınca anlıyorsun. Büyüyorsun; gözünde büyüttüklerin gidince anlıyorsun gidilecek hiçbir yer olmadığını.

Sonra kendi içine gidiyorsun gittikçe. Olduğun yerde çakılıp, gidiyorsun insanlardan. Bazen uzak kalmak insanın kendisine olan en samimi yakınlığıdır. Beklentilerden uzak bir ülke kurdum kendime.

Biraz yalnızlık iyi gelir
zannediyorsun.
Biraz kalınca umutların,
çoğalıyor yalnızlığın.

YETMİYOR SEVMELER

Gitmek gerekiyormuş gökyüzünü toparlayıp.

Daha fazla yıpranmamak için, içini dökmemek gerekiyormuş. Bunu gidenleri izleyince anlıyorsun. Tam da o anda anlamalar anlamsız kalıyor.

Düştüğünde elini tutan olmayınca elinden hiçbir şey gelmediğini görüyormuş insan. Sonra görmek istemiyorsun seni görmezden gelenleri. O zaman gönderiyorsun sana gelenleri.

Yetmiyor sevmeler çabalayan bir sen olunca, "acaba"-lar doluyor içine. İçin içine sığmazken "Tamam"a sığdırıyorsun kabullenişlerini. Kazanırken kendini, kaybediyorsun eski seni. Aslında ne istediğini başkalarının isteklerini yerine getirmeyince keşfediyorsun.

Yalnızlık insanın kendisini keşfettiği bir yolculuktur.

Bunu yalnızlığı seçerek öğreniyorsun.

Saat 23.44

KIRGINLIKLAR BİRİKİYOR İÇİMİZE

Üç günlük dünya desek bile gururumuzdan ödün vermeyip kırıp döküyoruz birbirimizi. Tüm güzel anıları, anlık nefret uğruna yok sayıyoruz.

Hata yapıyoruz ama asla gönül almıyoruz. Hata yapmaktan zor geliyor özür dilemek, bir kalbi düzeltmek.

Yavaş yavaş öldürüyoruz içimizdeki çocuğu. Onu öldürüp olgunlaştık diyoruz. Yanlış!

Asıl olgunluk içimizi temiz tutarak o çocuğu gülümsetmek. Artık çabuk tükeniyoruz. Tahammül kalmamış evvela.

İyi insanlar gökyüzünden intihar etti. Yeryüzü simsiyah. Mavi kentin karamsar çocukları olduk çıktık. **Ama çıkamadık şu hâllerden. Alttan alamadık, altında kaldık gururumuzun.**

Saat 22.06

Prensleri çoktan gitmiş.
Prensesler uykudan uyanalı çok olmuş.
Prensler başka kızları öpmüş.
Prensesler de beklememiş zaten onları...

MUTLU OLALIM ÇOCUK

Bizim mutsuz olmaya vaktimiz yok çocuk. Kuşlar ölmeden gülümseyelim gökyüzüne. Kırılmış yanımızla sevelim birbirimizi. Herkes gitse bile biz gitmeyelim kendimizden. Kesin biter diyenlere inat değil de, biten umutlarımız için sevelim birbirimizi.

Sana, bana en güzel "biz" olmak yakışır.

Çok güzel yaşamasak da olur. Gözümüz olmasın başkasında olanlarda. Çimlere uzanıp gökyüzüne mutluluklar inşa ederiz biz.

Elbette mutsuzluğumuz olacak. Ama sarılalım yine de biz. Karışsın gözyaşları gülüşümüze.

Bizim mutsuz olmaya vaktimiz yok çocuk.

Papatyalar serelim kalbimize.

Saat 22.18

Olmadı bir çay demler,
biraz kitap okuruz.
İçimizdeki sessizlikler dinene kadar
konuşmayız kimseyle.
Eski bir türkü çalsın radyoda ve
gökyüzünde birkaç parçalı bulut gezinsin.

Taşınalım buralardan.
Yüreğimizi de alıp gidelim bizi
anlayanların yanına.
Paket paket ayrılık tüketti kalbimiz.
Bize kendimiz bile fazla geliriz artık.

AFFETMEYECEĞİM

Seni en çok mutsuz uyandığım sabahlar yüzünden affetmeyeceğim. Bunun ne kadar karamsar bir durum olduğunu bilemezsin. Bu böyle anlatılacak bir şey değil. **Mesela tüm vücuduna ateşler veriliyor ama acı çekemiyorsun. İşte bu kadar hissizleştiğim için affetmeyeceğim seni.**

Taze taze umutlarımı parça parça ettin gözlerimin önünde. O anda kör olmak istediğimi belki sana belli etmedim ama çok canım yandı. Seni mutlu ettikçe bana sunduğun yaraları biriktirdim ben. Bir ömre ne kadar umutsuzluk sığarsa o kadar umutsuz oldum ben sana. Oysaki elimdeki masal kitaplarıyla gelmiştim sana. Yalanlar söyle diye değil, masum bir aşk içindi hepsi.

Boş yere geçen zamanlarımın senden alacağı var. Günün birinde mutsuzluk çalarsa kapını çekinme, al içeri onu. Benden çaldığın mutluluklar gelmez aklına bilirim. Ama nankörlüğün diz boyu olduğunu için affetmeyeceğim seni.

GERİDE KALAMAYANLARA

Sen bana kapanmayacak derinlikte yaralar açtın. **Ama ben seni hep güzel hatırlayacağım.** Aklıma geldiğinde "Neden sevmedi?" deyip üzülmektense az da olsa sevdi diyerek avutacağım kendimi. **Öncemi, sonramı bir kavanoza koyup duygularımı unutacağım.**

"Güçlüyüm." dedim kendime. "Güçlüyüm ve her şeyin üstesinden gelebilirim." Herkese merhem olup bende yaralar açmanı unutmak için neler denediysem olmadı.

Boş vermeyi denedikçe herkesleştim zamanla. Bazen tam iyileştim diyorum, sebepsizce içime düşen hüzne kadar iyi olabiliyorum sadece. Gülümseyebiliyorum mesela. Ama herkese gülüp kendi içime kan ağlıyorum bak, en kötüsü de bu.

KIRILMALAR KIRILDI

Değişiyoruz.

Hem de hiç değişmez dediğimiz özelliklerimiz değişiyor önce. Üzüle üzüle zamanla insanları üzüyoruz. Oysaki kırılanı en iyi bizim anlamamız gerekirken anlayışsız bir insan olup çıkıyoruz. Ama çıkamıyoruz işin içinden. Kendi hâlinden memnun değilsin ama elinden de bir şey gelmez artık.

Hayatımıza iyi diyerek aldığımız insanlar bizden parça parça iyilik götürdü aslında. Bunu tükenince fark ediyorsunuz.

Dünyada fazla acı var.

Fazla kırgınlık var.

Ondandır bu kentin ıslaklıkları.

Kalana, gidene yetişemeyeceğin zamanlar gelecek. Hatta “Yeter!” diye avazın çıktığı kadar bağırmak istediğin de bile gülümseyeceksin çoğu yerde. Artık insanları yaralı bir şekilde bırakıp, kendi derdimize derman aramaya çıkıyoruz. O olmazsa o olur, şunu giyemezsem bunu giyerim gibi seçenekler çoğaldıkça hiçbir şeyin kıymeti de kalmadı ne yazık ki.

Zamanla yapmam dediğimiz ne varsa başköşesinde buluyoruz kendimizi. İnsanların içleri kinden görünmeyecek seviyede. Kir olsa belki geçer ama kinleri temizlemiyor hiçbir şey. O yüzden herkes kalabalık olduğu kadar yalnızda aslında. Güvenebilmek artık devrim olmuş. Öyle zor, öyle güzel bir duygu.

Eskiden bir eşyamıza, bir kazağımıza bile güvenebilirdik. Soğukta bu beni ısıtmaz deyip üst üste giyinerek hasta ediyoruz aslında kendimizi.

Zamanla herkesleşiyoruz. Hatta kendimize bile yabancı oluyoruz…

Sen benim başıma gelen
en güzel şeydin sanırdım,
Kalbime bıraktığın
yaraları hissedene kadar.

HUZUR SESSİZLİKTE GİZLİ

Gerek duymuyorum artık gereksiz kalabalıklara. İçimdeki iyi niyetleri hak etmeyen insanlara oturup akşama kadar beni severler mi diye kırmalarına izin vermiyorum. Herkese iyilik yapılmazmış bunu anladım. Geç oldu ama içimde kalan son güzellikleri de hak edene sunmak lazım. Sıradanlaşmamak adına sıradan insanlarla konuşmaları kestim attım. Bana artıları olan insanları istiyorum etrafımda. Akşama kadar dedikodu yapıp benim de arkamdan yalanlar söyleyenlere yer yok bende.

Biranda değişmedim. Yavaş yavaş öldü içimdeki şeyler. Önce susmayı öğrendim sonra başkaldırmayı. Bu öyle kolay olmadı. Çünkü insanlar bir kere alışmışsa senin susmalarına kalbinin kırıldığını bile dile getirdiğinde sen değiştin diyebiliyorlar. Dediler de.

Umursamadım. Uzaklaştım herkesten. "Değer bilemeyenlere bile değer verebiliyorsam kendime de değer verebilirim." dedim. Baktım, kimse mutlu etmiyor beni. Kendi mutluluğumu kendim yakaladım. Böyle böyle güçlü oldum zaten.

Yine kırılıyorsun, yine üzülüyorsun ama artık yara almıyorsun derinden. Kendini çarçabuk iyileştirip hayatının geri kalanına devam ediyorsun.

Birkaç tane yüreği maviye boyanmış insan aldım yanıma. Gerisi zifirî siyah zaten.

Bana gelene kadar sunmasaydın

herkese kalbini, hâlâ kutsal

sayabilirdim sevgini.

Sen kirletmişsin düşlerini,

gülüşlerini.

Bundandır gözlerimdeki

düşüşlerin.

ÖĞRENELİM İÇTENLİĞİ

Geceleri fazla düşünme problemimiz var, artık biliyorum yalnız değiliz. Koyun saymak varken insanların bizde bıraktığı hayal kırıklarını sayıyoruz. Ama bu şekilde büyümez mi insan? Kırılacaksan şimdiden kırılalım da sonradan sürpriz olmasın bazı şeyler.

Bak bir gün bitiyor, güneş batsa da sabaha tekrardan pencerenden ışıklar dolduruyor odana. O zaman umutların ısınsın artık. Kursağında kalan heveslerini yeni umutlarla değiştir. Kendi huzurunu kendin yarat. Tüm yanılmalara inat, yeniden sev kendini. Asla küsme hislerine. Kötü hissetmesin kalbin kendisini zamanında hissettiği güzel duygular yüzünden. Sevmek kadar naif ve doğal hiçbir şey yok hayatta. Eğer hâlâ sevebiliyor ve gülümseyebiliyorsan dünyadaki milyonlarca insandan daha şanslısın.

Çünkü insanlar fazla karamsar artık. Ben de öyle. Ama ara ara yeniliyorum kendimi. Sen de öyle yap. Başını yastığa koyduğun zaman kendin için güzel hayaller kur. Asla ama asla olumsuz hiçbir şey düşünme. Kalbin hâlâ atıyorsa sevmek için bir şans daha verilmiştir sana. Acılardan şarkılar yapma kendine.

Elbette üzüleceksin ama bir süre üzül. Bunu ömrünün geri kalanına mal edip yıpratma kendini. Farkında bile olmadan değişirsin. Olaylara bakış açını değişir. Sana değer veren, kıymet veren insanları da kırma asla bu yüzden. Evet, kötü bir dönemden geçiyor olabilirsin ama bunu herkesin yaşadığını da bil. Seni kıran insanlar için kırma seni sevenleri.

Yorgun düşen hislerine inat, yeni bir güne gözlerini aç. İleride unutacağını bildiğin bir olay için umudu kesme asla. Bak gökyüzünde hâlâ rengârenk kuşlar var.

YALNIZLIĞIN İKLİMİ

Önce zor gelecek ayrılık. Kabullenemeyeceksin. Bir zamanlar "Senin için ölürüm." diyen insanın, seni günden güne öldürdüğünü düşünüp duracaksın gecelerce. Gündüzleri ise onun mutluluğunu izleyeceksin belki de. Asıl zorlukta burada başlıyor zaten. "Nasıl olur da hiçbir şey yokmuş gibi hayatına devam eder?" diye sen kendini yiyip bitirirken o kaldığı yerden devam edecek.

Sen de devam et. Kışı bir kenara bırakmanın zamanı geldiyse eğer izin ver, kalbinde çiçekler açsın.

Ömür kısa,

insanlar kötü.

Ve sen mutluluğu hak ediyorsun. Bunu kendin için yap. Hayatına giren insanın ömrün boyunca senin yanında kalmasını bekleme, çünkü bu ömür bile bize geçici bir süreliğine verilmişse insanların da geçici olduğunu kabullenmek gerekiyor. Evet, en başta kabullenmeyi öğrenebilirsen gerisi daha kolay olur. Nasıl bitti neden bitti diye yeterince zaten düşündüğünü biliyoruz.

Herkesin hikâyesi başkadır. Herkesin ayrılığı, gülüşü ayrıdır. Bu nedenle kimi insanlar başlarına gelen olayları kolay atlatırken bazıları oldukları yerde kalırlar. Siz de güçlenin. Kendinizi sevin. Ömrün ve acıların geçici olduğunu kabullenin. Sonrası güneşli sabahlar zaten.

Bütün yorgunluğumla sana geldim.
Senin yorgunluklarını da
alıp gidelim mi bu şehirden?
Üşüdüğüm yerde sarılır mısın bana?
Bize biraz aşk lazım sadece.
Gitmemiz gereken yerler var.
Tüm sevgimle çaldım kapını,
üstüm başım aşk içinde.
Alır mısın kalbinin içerisine?
Bize bir şansı daha sunar mı
bu hayat denilen öğretmen?

SENİ ARTIK SEVEMEM,
BU KEZ BULUTLARDAN DÜŞERİM.
VE BUNA KİMSE İNTİHAR DEMEZ,
BİLİRSİN.

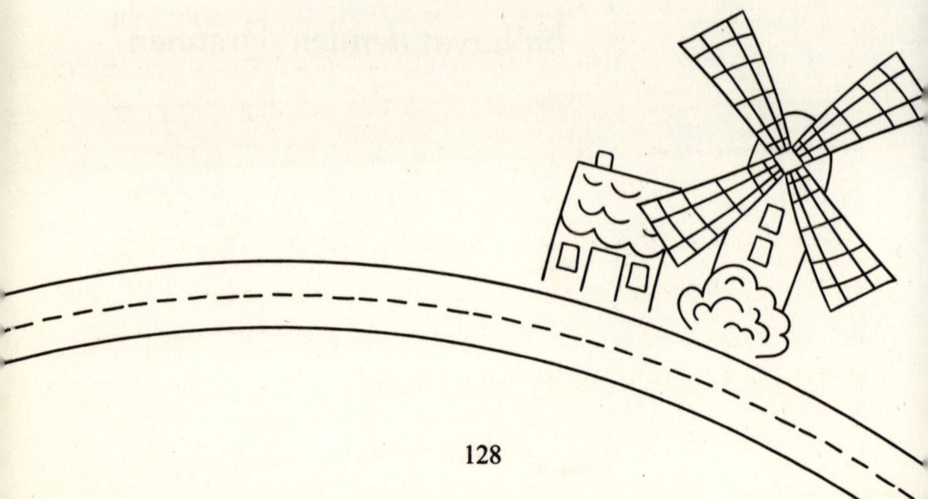

MUTLULUK SUN KALPLERE

Sence de birileri için mutluluk sebebi olmak daha güzel değil mi? Şu zamanda artık herkes gözyaşı bırakıp gidiyor ardına bile bakma gereği duymadan. ***Sanki hiç onun için savaşmamış, onun mesajıyla mutlu olmamış gibi nasıl geride bırakabiliyorsunuz kendinize alıştırdığınız insanları?***

"Denedim olmadı." cümlesi kadar basit değildir asla kalp kırıklıkları. Hayatınıza aldığınız insanı önce tanıyın sonra ona umutlar vadedin. Bir anlık heyecanla hayaller kurdurup sonrasında o hayallerin altında ezmeyin insanları. "Yanlış tanımışım." demektense sakince izleyin, belki siz yanlış anlıyorsunuzdur. Belki de gitmek için bahaneler arıyorsunuzdur.

Hiç mi korkmaz insan sevdiğini çıkmaz yola sokup "Benden bu kadar." demekten? "Bu yolun devamını hadi sen getir." diyecek kadar yitirmeyin iyi yanınızı.

ŞİMDİ TOPARLANMA ZAMANI

Olur olmaz insanlara derdinizi anlatmayın. Sevincinizi de. Anlık öfkelerle ya da mutluluklarla bilmediğimiz insanların eline kozlar verip duruyoruz. En büyük pişmanlıklarımız da zaten anlık duygularımızdan oluşur. Herkes sizin gibi düşünmez. Bir şeyleri anlatmadan önce bunu düşünün. Evet, iyi ya da kötü duygular kalpte durmuyor bir şekilde onu dışarı yansıtmak istiyoruz. Mutlaka yansıtacaksan al eline kalem kâğıt, yazarak anlat. Hem bu şekilde sinirlendiğimiz ve kırıldığımız insanları da kırmamış oluruz. Böyle böyle durumlar karşısında sessiz kalmayı öğreneceksiniz.

Güzel dostlar biriktirin. İçinizi onlara dökün. Elbette herkese güvenin, herkesi sevin ama beklenti içine girmeyin. Her şeyinizi anlatmak zorunda değilsiniz, öyle değil mi?

İnsanlara acılarınızdan çok mutluluğunuzu anlatmayın. Acılarınıza üzülmüş gibi yapabilirler ama mutluluğunuzu anlattığınızda yüzlerinden düşen maskeyi gizleyemezler.

İnsanların uçurumlarında gezinmeyin.

Bu boğulmaktan daha tehlikelidir.

KURUMUŞ DÜNLER

Alışmak dünya düzeninin en güzel hediyesidir.

Sevmeye,

unutmaya,

can yanmasına alışıyorsun.

Öyle ki, sevmem dediğini sevdirir bu hayat sana. Unutmam dediğini de unutturur. Onun günaydın mesajlarına alışsan da iyi geceler demeden uyumaya da alışacaksın.

Tüm kırılmışlıklara rağmen gülümsemeyi öğretecek hayat sana.

Sabah erken kalkmaya isyan ederken, uyumak dahi istemeyeceksin. Uykuyla uyanıklık arasında hayallere karışacak rüyaların.

Alışmak bir nevi duyguların uyuşmasıdır.

GELİR Mİ GÜZEL GÜNLER?

Bazen kendi hâlimizde olmak, yanlış yerlerde olmaktan daha iyi gelir insana. İçimizdeki gürültüleri ancak sessizliğimizle kapatabiliyoruz. Bazen olan bitenleri izleyin sizde. Kim size ne kadar değer veriyor, verdiğiniz değeri ne kadar hak ediyor, şöyle oturup bir kenardan izleyin. Bundan sonda atacağınız kararları öyle belirleyin. İçinizdeki güzel niyetleri bir anda harcayıp tüketmeyin. Hislerinizi kaybettiğiniz zaman ölüden farkınız kalmaz. Heyecanlarınız ölür önce. Eskisi kadar meraklandırmaz sizi. Kalbiniz güzel şeyler için atarken bir süre sonra o ritmi değiştirecek hiçbir şey bulamazsınız. Bu da sizi sıradanlaştırır. Basit şeyleri takmayın. Kafanızda büyütüp duygularınızı karartmayın. Küçük şeylerle mutlu olun ama küçük şeyleri de görmezden gelin. Hayattan güzel şeyler isteyin. Size hemen güzel şeyler sunar demiyorum ama niyetiniz bozulmadıkça yüzünüz hep gülümser. Sadece dikkatli olun, içinizi görmeyenlere göstermek için uğraşmayın asla.

KADINIZ ÇÜNKÜ

Kadınız, hissediyoruz sevilmediğimizi. Her şey aynı gibi görünse de yolların ayrılacağını hissediyoruz önceden. Hani durduk yere çıkan kavgalar var ya, hani çok konuşmaya başladın demeler, ne oldu sana bir anda neden değiştin diyorsunuz ya sevdiğiniz kadına, işte bunlar hep kaybetme korkusundan. Emek veriyorsun bir adama, kötü insanlardan, kötü alışkanlıklardan çekip alıyorsun. Çünkü evlenecek gözüyle bakıyorsun bir kere olaya. Tam da bu kadar çabalamışken o adamı kaybetmek, kendini kaybetmekle eş değerdir bizim gözümüzde.

Sevilmediğini hissedince bir kadın ya da bu his kalbe düşünce,daha fazla ilgi bekler. En azından o saçma his gidene kadar bekler bu ilgiyi ve göremediğinde Araf'a düşer. Bu hissin sadece bir kuruntu olduğunu bana göster ki kaldığımız yerden devam edelim, demektir bütün bu kavgalar. Anlayamadığınızdan mı yoksa hadi gitsin, diye beklediğinizden mi bilinmez ama hiçbir şey yapmıyorsunuz. Aslında yapılacak olan şey çok basit, olaya sakince yaklaşıp sevdiğin kadının her zaman yanında olduğunu gösterirsen konu biter ama sen ısrarla ortada bir şey yok, diyerek rahat davranırsan bir aşkın bitişinde senin de suçun olur.

Kadınız biz, savaşmaya gücümüz kalmadığı zaman gideriz. Emek verdiği adamı bir başka kadına bıraktığı için, içi içini yer aslında. Ama güçlü durur. Dedim ya, kadınız biz.

O nedenle bir kadın sanıldığı kadar kolay atlatamaz ayrılığı. Ama yine de göğsünde bir umut saklar. Her şeyini hazırlasa bile ardından gelecek ve onu o yoldan çevirecek birisini bekler.

Sahip çıkın sevginize. Hele ki zor kazanılan bir aşksa bitmemesi için çabalayın. Birbirinizi anlıyormuş gibi yapmayın, anlayın. "Bu gözyaşları neden?" diye sorun kendinize.

Bir kadını mutlu etmek öyle sandığınız kadar zor değil.

Sevin,

güven verin,

size ihtiyacı varken ilgi gösterin.

Nasılsanız öyle yaklaşın ona. Kendinizi sevdirene kadar iyi olup sonrasında değişmeyin. O zaman duyarsınız tabii "Değiştin." sözünü. Ne iseniz o şekilde gidin. Zaten sevecek olan sizden bir parça bulup sever sizi.

Korunmayı bekler bir kadın, sevilmeyi bekler, umudunun bittiği yerden öpülsün ister kalbi.

GİTMEM GEREK

Seve seve vazgeçiyorum senden. Tam da sana gelmişken gidiyorum. Sussam içim içimi yiyecek, konuşsam da kendimi ifade edemeyeceğim zaten. Geride sadece pişmanlığım var. Gülümseyerek seni anlattığım insanların yüzlerine bakamıyorum bile, oysaki teselli isteyeceğim tek insandı onlar.

Vazgeçiyorum, çünkü gücüm kalmamış savaşmaya, sürekli yorulup bir adım bile atamadığım için gidiyorum.

Seviyorum elbette, sevmiyorum dersem bu şehir kanar. Ama gitmem lazım. Kalırsam beklerim, kalırsam daha da kanarım.

Anma adımı, adım geçmesin "Beni çok seviyordu." cümlelerinin içinde. Yorgunum, ne anlatmaya ne de anlaşılmaya gücüm var. Bir şehri de sırtıma alıp sürükleniyorum sadece.

İnsan bir müddet sabrettikten sonra çaresizliği buluyormuş. Beklemenin kendisine hiçbir faydası olmadığını, sabrettiği insanın da sabrını tükettiğini anlıyormuş sadece.

Sevdin, sevmedim diyemem sevgilim, bu haksızlık olur. Çok sevdin hatta ben ilk kez bu kadar sevildiğimi hissettim. Ama sen sonra hiç sevilmediğimi soktun kalbime.

GÜNEŞ SENİ BEKLİYOR

Hiç ummadığın zaman hayatına girecek birisini. Ve sen ilkkez bu kadar çok sevildiğini hissedeceksin. Uyanırken zorlanmayacaksın sabahları. Çünkü içindeki kelebekler buna izin vermeyecek. Kıpır kıpır olacaksın.

Tamam diyeceksin, tamam çok seviliyorum. O insan sana belki de mutluluğu gösteren kişi olacak ama bir gün öyle bir çıkıp gidecek ki ondan sonra gelecek olanlara kapıları o kapatacak.

Yani sana ilk kez bu kadar sevilmeyi hissettiren kişi aslında hiç sevilmemiş olduğunu hissettirecek. Ne kadar acı değil mi, sana sevilmeyi de yalnızlığı da aynı kişi öğretiyor. O zaman öğreniyorsun hayallerinden vurulunca insan kolay kolay iyileşmiyormuş.

Ama bu demek olmasın ki bu hep böyle gidecek. Ama geçiyor, geçmez dediğin ne varsa geçiyor. Önce sevdiklerin sonra onlardan kalma yaraların geçiyor. Zamanın sana güzellikler getirdiğini zamanla öğreniyorsun. İçindeki o umudu kaybetme yeter ki. Tekrar çiçek açacak gökyüzün. Yeter ki inan.

KENDİN OL

Hâlâ sırtında mı taşıyorsun sana ihanet edenleri? İşlerine gelince arayan soran insanların tek telefonunda koşuyor musun hemen yanlarına? Yapma! Yapma, bunu kendine çünkü öyle bir an gelecek ki tükeneceksin. Özellikle iyi niyetini hak etmeyen insanlara sunarsan daha çabuk tükeneceksin. 17'lerde 20'lerde kendini yalnız ve yorgun hissetme. Yaşa, gülümse. Kimsenin o iyi niyetinin katili olmasına izin verme.

Etrafında sürekli memnuniyetsiz insanlar varsa çıkar at onları. Sen ne yaparsan yap şikâyet edecek bir şey bulur ve yaptığın hiçbir şeyi göz önünde bulundurmaz. Çaresiz insanların karşısında elbette kayıtsız kalma. Elinden geleni yap ama düştüğünde de o eli tutmuyorsa kendin kalk silkelen ve uzaklaş. Çünkü çok insan çıkacak karşına. Güvenmen gereken insanlara güvenemeyecek ve zamanla duygusuzlaşacaksın.

Bir sokak kedisini sev mesela, nankör de dense insanlar kadar acıtmaz canını. Huzur arıyorsan bulutları izle. Dua et bol bol, konuşacaksan O'na anlat derdini. O'nun kapısından kalbi boş dönen olmamıştır, merak etme. Zamanı gelince hayalinden daha güzelini sunar O sana.

YETER Kİ KALBİN HUZUR DOLSUN

Her şey güzel olacak, belki şimdi değil ama bir sabah içimde yine o heyecanlarla uyanacağımı biliyorum. Kalbimi kıranlarla arama mesafe koyarak ilk adımı atacağım. Zamanı var her şeyin biliyorum. Nasıl ki bunca yıkıntılar bir anda olmadıysa her şeyin de bir anda güzel olmasını beklemeyeceğim.

Gülüşüme gizlediğim mavileri serpeceğim gökyüzüne, karamsar yanımdan da böyle kurtulacağım. Kendimi insanlara anlatmaya çalışmayalı uzun zaman oldu. Anladım ki, ne kadar anlatmaya çalışırsan çalış insanlar yine kendi istediği gibi düşünecek. Dil dökmüyorum artık gözümden düşenler için. Hatalarımı seviyorum, beni hayata bağlayan inancımı ve her ne olursa olsun gitmeyen dostlarımı seviyorum. Gidenler mi? Gidenler hiç gelmemiş zaten... Evet, herşey güzel olacak. Şimdi sıra sende, sen de İnan. Belki şu an kalbin kırık, belki içinde Mutlu olacağına dair tek bir beklenti bile Yok. Ama biliyorum, kalbinde hep bir umut var. İşte o umuda sıkı sıkı sarıl.

DUA

O zaman güzel şeyler için dua edelim, sabırla bekleyelim. Ne olacaksa olsun değil de, güzel şeyler olsun diyelim. Çünkü bunu hak ediyorsunuz.

Güzel günleri bekleyin. Bir şeyler yolunda gitmedi diye her şey kötü olacak şeklinde düşünmeyin. Hayatımızdaki insanları biz seçiyoruz, unutmayın. Olaylar biraz da bizim elimizde aslında. Ama bazen de olanların önüne geçilemeyebiliyor. Yanlış tanıyabiliyoruz bazen insanları. Gözümüzde büyütüp hiç hak etmediği kadar anlamlar da yükleyebiliyoruz. Olsun. İnsanların eksi yönlerini görmemek aslında en güzel artı.

Bunca çekilen dert, çile hiçbir şey sebepsiz değildir. Seni kıranlara da kızma. Sen aldın onları hayatına, sen izin verdin olanlara. Kapanan kapıların ardında durma. Yeni kapılar ara kendine. Değerini bilecek dostlar edin. Ve kalbinde her zaman bir serçe masumluğu olsun. Şimdi kendine kendin için iyi bak...

MÜMKÜN MÜ?

Şöyle bir yaşlansam geriye, elimde sıcacık bir de çay olsa. Olan biteni bulutların üzerinden izlesem, ayaklarımı sarkıtıp yeryüzüne. Kim için ne kadar değerliyim izlesem uzaktan. Aslında hepimizin merak ettiği bir şey değil mi bu? İnsanlar bizim için ne düşünüyor, ne kadar seviyor ya da gerçekten seviyor mu? Keşke görebilsek diyoruz ama bence bu hepimizin düşündüğü kadar parlak bir fikir değil. Çünkü insanlar bir miktar kötü. Bize gösterdikleri sevgi ile içlerinde büyüttüğü duygular arasında fark var. Mesela hepinizin başına gelmiştir, o çok değerli, sizin için her şeyden vazgeçebilecek olan insan tek hatanızda hatta hata bile sayılmayacak bir sarsıntıda çıkıp gider. O sarsıntı sizde deprem etkisi yaratsa da silkeler sizi. Daha gerçekçi düşünmemizi sağlar. Kime ne kadar değer vermeniz gerektiğini gösterin. Bazen kendinizi geri çekin. Sizi kazanmak isteyenler zaten yanınıza gelir bir şekilde.

SANA GELDİM

Yine sana geldim. Tüm savaşlardan sağ çıkıp, sende yenilmeye geldim.

Çığlık çığlığa susmaya başlayınca insan yavaş yavaş büyüyor demektir. Sen, beni büyüten en katı, en sinirli ama en naif yanısın hayatın. Gözlerimden öp, hayallerime girsin gülüşlerin.

Yenilsem de yeniden sana gelmekten bıkmayacağım. Bir kere sevildiğime inandım çünkü. Ellerim ellerinle buluşsun. "Mutlu edemez o seni." diyenlere inat değil de beni sevdiğin için beni yeniden mutlu et. Zor gelir, zor olur yeniden başlamak. **Ben affetmeye hazırım da sen mutlu edemezmiş gibi bakıyorsun sevgilim.**

Bak biz bir gökyüzünde aynı anda göç eden kuşlar gibiyiz. Sen nereye gidersen kalbim de arkandan gelecektir. Sen diye tutturdum, çünkü yeniden sevmek, yeniden alışmak işkence olur kalbime.

"Acaba"larla yaklaşıyorum artık insanlara. En çok güvendiğim sendin ama sen bile kırdın, yıprattın beni. Bilirsin, ürkek bir kalbim var. Bir başkası beni çözene kadar ben dağılırım zaten. İnsan en çok da bu yüzden eskiden kopamıyor belki de. Yeni birisinin seni keşfetmesini beklemektense eskiyi affeder, olmadı biraz da düzeltmeye çalışırım diyerek yıpratıyoruz belki kendimizi ama yine de vazgeçmiyoruz bizi üzen insanları kalbimizde misafir etmeye.

Kaç bahar geçti,

kaç kış geçti bilmiyorum ama

geçmedi acıttığın yerlerin acısı.

ŞİMDİ ANLIYORUM

Fazla kırılmışım, fazla yıpranmış gönlüm, yıpranmışlıklarını düzelttiğim insanlar yüzünden. Meğer insan en çok sevdiklerinden darbe alırmış. İyileştirdiklerim beni hasta edip gitti.

Fazla yıpranmış kalbim. Sevmeyi severken, sevmekten korkar olmuşum. **Yeniden birini hayatıma almak, ördüğüm duvarları tekrar kendi ellerimle yıkmak sorun değil de o duvarların altında yine ben ezileceğim ihtimali üzüyor beni.** İçimdeki iyi niyetleri, aşkları, baharları tek seferde tüketmişim. Yavaş yavaş sevmek gerekiyormuş, günlere bölerek, gitme ihtimalini düşünmek lazımmış, gidince anladım.

Zor oldu yokluğuna alışmak, geç uyuyup sabah güneş doğmadan uyanmak ağır geliyordu bedenime. Üstelik bende kalan binlerce anıların ve hatıraların vardı. Bir fotoğraf karesi binlerce parçaya bölündü sonra. Ne var ne yoksa atmak lazımdı. Ölenlerin ardından eşyalarını çıkarmak lazımmış evden. Ben de ne kadar anımız varsa söküp aldım kalbimden. **Ama bitti**.

Unutamam sandım, hele ki ilk zamanlar nefesimde jiletler var zannettim, öyle zor geldi nefes almak.

Ama geçiyormuş geçmez dediğim tüm yaralar. Sadece biraz zaman lazımmış. Çok zaman geçti belki ama şükür geçti. Şimdi öyle bir noktaya geçiş yaptım ki, hem çok sevilmek istiyorum hem de sevmeye korkuyorum. **Hatta bazen hiç sevilmeyecekmişim gibi hissettiğim de oluyor**. Yine de biliyorum ki içinde mavi saklanmış günlere az kaldı.

Sen zor günleri tek başına atlattın, bundan sonraki günler senden korksun diyorum.

GÜZEL MAVİLERİN OLACAK

Belki de şu an, ne kadar çok üzülmüşlüğüne ağlıyorsun ve hatta herkese iyi olduğun için yarı yolda kaldığını, sevdiklerin tarafından yıpratıldığını düşünüyorsun. Haklısın. Hepimizin hayatından bizi üzerek giden ve sonrasında mutlu olanlar geçti gitti.

Peki defalarca iyi olduğun için kırılsan da iyi olmaktan vazgeçtin mi? Hayır. Çünkü iyilik kalbine işlediyse kolay kolay değişmezsin. Seni üzenlere bile ilk adımı yine sen atarsın. Belki ilk zamanlardaki gibi onları fazla düşünmezsin ama şefkatini de atamazsın içinden.

Değişme, sen en çok böyle güzelsin. Bırak giden gitsin, onlar senin iyi yanını hak etmedi diye yüreğinden, hislerinden hiçbir zaman nefret etme. Aksine daha fazla iyi ol. Sadece dikkat et. Tanımadan alma kimseyi hayatına. Yaptığın hiçbir şeye karşılık bekleme ya da bekleyeceksen onu insanlardan değil de Allah'tan bekle. Böylece hayal kırıklığı da yaşamamış olursun.

Karşımıza mutlaka kötü insanlar çıkacaktır. **Ama sen onlar gibi olma**. Kimsenin seni sevmesi için çabalama asla. Çabaların seni yorduktan sonra kendi benliğine döndüğünde insanlar senin değiştiğini düşünecekler. İçine biriktirme kırgınlığını, dargınlığını güzel bir dille uyarmasını da bil yeri geldiği zaman.

Bazı insanlar hayatımızda güzel yerler edinirler. **Uğraştığın hâlde o yeri yadırgıyorsa izin ver kendi yerini kendisi belirlersin.** Gitmekle kalmak arasında olanlar varsa etrafında gitmelerine yardımcı ol. Bırak gitsinler. Eğer ikilimde kalmışsa bir insan sevgisi zaten azalmıştır. Ya sana acıdığı için ya da senden iyisini bulabileceğini düşündüğü için ortada kalır. Bu da zaten sana en büyük eziyet.

Hislerini sev ve asla pişmanlık duyma, keşke değer vermeseydim diye yakınmaktansa hayatına yeni girecek olan insanlara yavaş yavaş sindire sindire değer ver ki keşkelerin olmasın.

Kimseyi de tek yanlışıyla silip atma, kurcalama, irdeleme bazı şeyleri. İçin rahatsa boş sözlere de kapat kulaklarını. Doğrularından vazgeçme. Bir yol çiz kendine, kurallar koy, kırmızı çizgilerin olsun mesela. Hataya düştüğün konuları gerekirse yaz bir kâğıda ve uygulaman gerekenleri hayata geçir. Bir de böyle dene.

Ama yok sen yine aynı sen olacaksın, ne kadar şikâyet etsen de, sana gelenlere kapını açacaksın, giderken kapılarını kıracağını bildiğin hâlde.

Bazı şeyler geçer biliyorum
ama benim şu an
canım yanıyor.
İçimde birbirine çarpan
trenler beni geleceğe
sağ götürebilecek mi?

GÜNAYDIN' SIZIM

Günaydın sevgilim, bugün sensiz geçen günün tatilindeyim. Sanki gitmemişsin gibi her sabah yeniden seviyorum seni, gece unutmaya karar versem bile.

Onca emeklerin, hayallerin ziyan olacağını düşünmeden sevdim seni. Ve sandım ki benim sevgim ikimizi de ayakta tutar. Olmadı, belki sen yürümeye devam ettin ama ben çoktan yıkıldım. Ben böyle hayal etmemiştim. Hayallerimin arasında seni unutmaya çalışmak yoktu mesela. Yaptıklarım gözlerinin önüne gelir de fedakâr olursun diye düşünmüştüm, meğer kalbi kör olan insana aşk işlemiyormuş.

Can havliyle uyandım bugün. Mutsuz uyanmama sebep olanım, ben seninle çok mutluydum. Şimdi bu içimdeki yangınlar da neyin nesi? Seni kazandığımı sanmışım, yavaş yavaş sana yenildiğimden habersiz. Alıştım zannetmiştim, meğer hissizleşmişim ben. Sonu gelmedi küçük oyunlarının. Bahanelerine dünyaları sığdırdın da beni sevmeye bir bahane bulamadın. Ben bunun bende oluşturduğu sızıyı sana nasıl anlatayım?

Başlangıçlarımın sonu oldun. Senden sonrası olmasın istiyorum. Ve biliyorum ki benim içimi sadece aşk kurtarır. Belki zamanla yine severim ama bir daha kimseyle bir yola çıkmam. Solumda olmak isteyen benim yolumda yürüyecek. Ben yolumdan dönmem artık, beni yarı yolda bırakanlar için.

İyi mi gecelerin sevgilim? Çiçeklerimi koparıp bahçemi kurak yerine çevirdin, yetti mi dünyanı renklendirmeye onlar? Değdi mi yaptıkların, değdi mi gidişlerin bir başkasının gelişlerine?

40'ından sonra alışırmış insan ayrılığa. Acılarını, olan bitenleri, hayatın tüm kurallarını kabulleniyorsun. Kabullendim bende. Geçmişin sızısı azalıyor içimden ama geleceğe dair bir korkum yok desem yalan olur. Yeniden sevebilir miyim bilmiyorum. Bir bilinmezlik hediye ettin bana, neden gittin, neden buralara geldik diye düşünmek zaten adamı deli etmeye yeterli sebepler. Ama sen iyi ki gittin. Hata bende aslında, yanlışlarını bildiğim hâlde düzelir umudum daha da bozdu seni.

Ziyanı yok, ben yine bahara koşarak giderim, yine dağıldığım yerden toplarım gülüşlerimi, ama bir daha girmem bahçene çiçek toplamak için. Oturur kendi çiçeklerimi kendim yetiştiririm.

Olanda ölene çare yokmuş.
İçimizde ölenlerden biriken
büyük bir mezarlık var.

Yalan söyleyene kızmayın, yalan
söyleyen suçluysa, kanan insan da
suçludur. Belki biz kondurmuyoruz.
Kimden kötülük beklemediysek,
o insandan kötülük görmedik mi?
O zaman artık hiçbir şey
sürpriz olmasın.

Bir kişinin yetmeyeceğini düşünüp kalabalığa giren insanlar zamanla o tek kişinin hayalini kurar.

SIĞAMADIK YARINLARA

Tek kişide kalamadık. Derdimizi başkasına neşemizi başkasına gösterdik hep. Çünkü bazı insanlarla sadece gülünür. Öyle derin derin dertler dökülmez onlara. Herkese de gülünmez. Yarası olanın gülecek vakti yoktur çünkü. Ama aşk öyle değildi. Hüznünü, sevincini içinde dolup taşan ne varsa ona anlatmak lazımdı.

İnsanlar artık tek kişiye sığdıramıyor aşkı. Hevesleri çabuk tükeniyor, yarı yolda bıraktıklarını da o şekilde tüketiyorlar.

Mücadele etmek yerine gitmeyi tercih ediyorlar en ufak sarsıntıda.

Aşk, beraber her şeye göğüs germekti, biri uyurken diğerinin ağlaması hiç adil değil.

"Bak, biz bu acıların üstesinden geliriz" demekti aşk. "Ne hâlin varsa gör." Demek sadece karakterini kaybetmiş insanların kullandığı cümledir. Biz olabilmişseniz üstesinden gelmesiniz her şeyin.

Tek bir sevdaya sığamadık. Bir başkasını unutmak için hayatımıza birilerini aldık durduk. Sonra gerçekten sevilebilecek kişi karşımıza çıkınca da "Ben seni hak etmiyorum." diyoruz.

O zaman hak edelim, koruyalım kendimizi bize zarar veren her şeyden. Yanımızdaki insanı kaybetmemek için uğraşalım o zaman.

Güzellikler biriktirin kalbinize, dünyada yeterince kötülükler var zaten.

İYİ İNSANLAR İYİLEŞSİN ARTIK

Biliyorum, çok fazla yara aldın. Ve sen bu satırları okurken aklına ilk gelen şeyin, içini ilk acıtan olayın seni değiştirdiğini düşüyorsun. Öyle de zaten. Yeterince üzülmeden değişmez hiç kimse. Peki, değişmek için daha kaç acıyı yüreğine sığdıracaksın? Seni defalarca yarı yolda bırakmış insanları daha kaç kez yoluna eşlik etmesi için yanına alacaksın?

İnsanların seni üzmesi bir noktaya kadar onların suçudur, ama tekrarlanan her kalp kırılmasında senin de suçun var. Sen izin verdiğin için onlar hayatında ve onlar hayatında olduğu sürece kırılacaksın da.

Bence sen kırılmayı hak etmiyorsun. O zaman harekete geçmen lazım. Elbette herkesi bir bir hayatından çıkar demiyorum. Sadece bir süre uzaklaş. Bazen insan daha fazla kırılmamak için gider.

Yeni insanlar tanı.

Kendini sev.

Ayakların sağlam bassın yere.

Dinlenecek çok fazla müzik var onları keşfet.

Eskisi kadar da herkesin her derdine koşmak için uğraşma, insanlara yetemezsin çünkü. Gittikçe fazlasını isterler, gittikçe onları daha çok pohpohlamanı beklerler. Sen "hayır" demedikçe "evet" demeye mecbur hâle getirirler seni. Ve günün birinde artık yorulduğunu hissettiğini anlarsan onlara hayır demek zorunda kalacaksın. Gör bak nasıl da kaos hâline geliyor olaylar. Yapılan tüm iyiliklerin yapamadıkların için silinecekse sen o insanları sil, at hayatından.

Her zaman uğraşan taraf olmaktan vazgeç. İnsanları memnun edemezsin. Arada bir senin de fikirlerin olsun ve insanların da ona uymasını sağla. Tatlı dil her zaman işe yarar bu konuda. Asla ama asla "Ben senin için şunu yaptım, buna küstüm, bunu sevdim, sana koştum." gibi yapılanları bir kerede silmene sebep olacak cümleler kurma.

İsyan hâli içinde olma. İçinden gelerek yap her şeyi, huzur varsa kalbinde yapma, bırak.

İnsanların senin için güzel şeyler yapmasına fırsat ver.

Hediyeler al sevdiklerine. Beklenti içinde asla olmadan güzellikler sun insanlara ama bunun bir sınırı olsun, senin için de güzellikler yapılsın mesela. Her zaman uğraşan herkese koşan taraf olma erken yorulursun çünkü.

Bir yerden sonra kendin için bile bir şey yapamaz hâle gelirsin. İçindeki mavilikleri tek seferde tüketme.

Bahçendeki çiçekleri yavaş yavaş toplayıp insanlara verebilirsin böylelikle bahçen hep çiçekli kalır. Ama sen tek seferde bunu harcarsan kuraklık yaşayabilirsin bir süre.

Bu seferde insanları mutlu edemediğini düşünürsün.

Canımız yandığında içimize atıyoruz, biz sadece dert dinleyen insanlarız ama bizim de içimizde sızılar var. Dile getirmiyorsak çare olunamayacağını bildiğimizdendir.

Sen, uçsuz bucaksız
unutulmuş bir şehrin
bir tek benim uğradığım
en gizemli sokağısın.

İNANMAYA DEVAM ET

Bir sabah uyandığın zaman artık sol yanının ağrısıyla uyanmayacaksın. Biliyorum,şu an hissettiğin acıların, öfkelerin hiç geçmeyecek gibi nüfus etmiş bedenine ama inan o da geçiyor. Hatta geçtikten sonra "ben neden kendimi bu kadar yıprattım?" diyeceksin.

"Şu hayatta geçmeyen tek bir şey söyleyin bana." desem sanırım biraz düşünürsünüz ama yine de söyleyemezsiniz. Yok çünkü. Her şey geçiyor. İnanın her şey güzel olacak. Belki bu bir anda olmayacak hemen yaralarında çiçek açmayacak ama bir gece artık uykularından sıçrayarak uyanmadığını fark edeceksin. Zaten her şey yavaş yavaş olmaz mı? Önce düzenin bozulacak sonra eskisinden daha sağlam bir düzen kuracaksın kendine. Kâğıttan dostlukları ve aşkları ateşe vereceksin.

İnancınızı asla kaybetmeyin. İnancınızı kaybederseniz herkesleşirsiniz. Umutlarınız daha da hızı tükenir ve mutsuzluk yapışır kalır üzerinizde. Kendi kurallarınız olsun ve buna ilk siz uyun. Herkes her daim sizi sevmek zorunda değil, sevmeyenler de olacaktır mutlaka. Hatta bu sevmeyenler sizin en değer verdiğiniz insanlar da olabilir. Unutmayın ki, seven kalbi taşıyan sizsiniz. Yine sevebilir yine umutlu günlere merhaba diyebilirsiniz.

Şu hayatta her insanın yenilgisi başkadır. Kimisi parayı baz alır, kimisi insanı, kimisi ailesini... Yenilginiz aslında sizin başlangıç noktanızdır. Üzülmeyene kadar, kaybetmeyene kadar başlamış sayılmazsınız. Yolun sonuna kadar gelip kaybetmektense başlarda kaybetmek daha güzel. En azından herkesle yola çıkılmayacağını öğrenir, ona göre devam edersiniz.

Herkes kötü zamanlardan geçiyor. Ve o kötü zaman geçene kadar hiç geçmeyecek gibi hisseder. Şöyle düşünün, bundan 5 sene önceki hangi acılarınız kaldı? O zaman da hiç geçmeyecek gibi değil miydi hüzünleriniz, bitmeyen dostluklarınız? Ama geçti. Yine geçecek. Yeter ki vazgeçmeyin. Güneşi kovalayın, her sabah daha güçlü güne başlayın. Biran önce toparlanmanız gerektiğini benimseyin. **Tamam, üzüldüm, ağladım ama şimdi toparlanma vakti.**

Unutamam, onsuz zaman geçmiyor diye diye senelerini çöp etme. Yarının bize neler getireceğini biliyor muyuz? Hayır.O zaman neye üzülüyoruz bu kadar? Yarının güzel olması için adımlar atmak lazım. Uğraşmak, çabalamak lazım ki yarınlar çiçek açsın.

Gücünün kalmadığına inanabilirsin. O zaman sana güç verecek şeylere odaklan. Bu bir insan olabilir, ibadet olabilir, okul, iş, her şey olabilir.

İnancını kaybetme. İnan, her şey güzel olacak. Belki bu biraz zaman alabilir ama olsun, güzel olacak umudu bile gülüşlerde çiçek açtırmaz mı?

Umutsuz uyandığım geceler, hıçkırarak uyandığım sabahlar oldu.

Ama geçti.

Belki bahçemde çiçekler açmıyor ama en azından hâlâ bir bahçem var ve kötü günleri gömdüm oraya.

BİZ TÜKENDİK SEVGİLİM

Biliyorum kabullenmesi zor ama biz tükendik sevgilim. Birbirimize yaklaşmak için ne kadar uğraştıysak o kadar uzaklaştık kendimizden. Bitmeyen kavgalarımız varsa artık sevgimiz çoktan bitmiştir, demektir. Aşkın son uzatmaları bunlar. Son çabalar, son aldanışlar.

Çok soran oldu seni "Kısmet değilmiş." diyerek gülmekle ağlamak arasında kalıyor ciğerlerim. "O gemi başka limana gitti, ben de yakmaya kıyamadım" diyemedim. Demek ki böyle olması gerekiyormuş. Önce sana alışmak, sonra da sensiz yaşamaya alışmak varmış kaderimde. Şu saatten sonra bir süreliğine güzellikler gelmiş ya da gelmemiş çok önemli değil aslında. Nefes aldığım sürece ben yine sevmeye devam edeceğim. Şu an belki tüm yapraklarım döküldü ama yine çiçeklerle güne başlayacağım. Yara açanlara inat yine iyileşeceğim.

Ayaklarımı yerden kesen bir aşk olmaz belki ama adımlarımı sağlam atarım artık. Eskisi kadar da fedakâr olmaya da gerek yok hem. Duyduklarıma göre böyle olunca daha çok seviliyormuşsun. Sanırım ben yanlışı seni çok severek yaptım.

Çabaladım, tırnaklarımı etime geçire geçire kendimle savaşa savaşa uğraştım. Olmadı. Düzeleceğini sandığım her şey daha da bozuldu. Anladım ki sen sadece bahaneler arıyormuşsun. **Git, kurtar beni kendinden.** Özür dileme, veda cümleleri duymak istemiyorum. İçinde bulunduğum tüm duruma alıştım esasında.

Sevmediğinin farkındaydım. **Aşkı işkence hâline getiren de buydu zaten**, sende olmadığımı bildiğim hâlde içimdeki umuda sıkı sıkı sarıldım hep.

"Nasip değilmiş."e sığdırıyorum içimdeki onda kırgınlıkları. Yeniden yenileneceğim günleri bekliyorum balkonumda. Üzülmüyorum, çünkü kabullendim. İnsan kabullenince daha rahat geçiyormuş günler. Kabullenene kadar etim çürüdü ama kabullendim.

Sen, cevabını bildiğim yanlış soruydun. Yanlış aşka açılan doğru pencerem olsa da taş duvarlar gördüm hep. Benden gizli büyüyen hiçbir çiçeğin tomurcuklarına yetişemedim. Güzel şeyler de oldu bunu yok sayamam. Sevdin elbette belki kısa süreliğine bir sevgiydi, belki anlıktı ama ben o umutla ömrümü geçirebilirim sandım. Ah yine yanıldım!

Olsun dedim, yine bahar gelir. Yeşillenen umutlarımı da alır, yüzümdeki tebessümle yeniden doğarım. Biz tükendik sevgilim, sen artık git. Samanlıklar arasında çiçekler aramışım ben, o da benim ayıbım olsun.

BİTMELER BİTSİN

Şu ömürde asla bir şeyleri sahiplenmeyin. Sahiplendiğiniz şeyler elinizden kayıp gidince, elden hiçbir şeyin gelmediğini gördüğünüz hâlde kurumuş bir denizde boğulma korkusuyla savaşacaksınız. Yapmayın...

Bitmesi gereken şeyler varsa bırakın bitsin. Yoksa her çabanız sizi bitirir. İşin kötüsü de bittiğini yolun sonuna gelmeden göremezsiniz. Bazı şeyleri oluruna bırakın. Elinizden geleni yaptığınıza inanıyorsan teslim edin dualarınızı en güzel olana.

O *ki, sizin için en güzelini düşünüp size onu verecektir.*

Zamana bırakın mesela. Bazı acılar nasıl ki bir anda silinmiyorsa mutluluklar da öyle kolay kolay gelmez. Çok isteyin evet, çok çabalayın ama yıpratmadan yapın bunları. İstediğiniz şey olmadığı zaman pes etmeyin, biraz dinlenin ve başka şeyler istemeye devam edin.

İnsanlar için de bu geçerlidir. Merhem olduğunuz insanlar sizde yara açan insanla aynıysa o merhemleri kendinize saklayın artık. Bazı insanlara fedakârlık fazladır. Hak etmezler. Belki geceleriniz sabahlarınıza zor kavuşur ama ne kadar güçlü olduğunuzu görürsünüz.

Herkesin karşısına olumsuz türlü türlü olaylar çıkıyor. Pes etmek yerine başarılı olursan herkes senin yanında olmak için can atacaktır. Bir yokuşu çıkıp eline bayrağı alarak döndüğünde sana su verene değil seninle o yokuşu çıkana değer ver.

Hayalleriniz çok olsun. Ama küçük şeyler mutlu etsin sizi, umudunuz, yüzünüzdeki tebessüm hep taze kalsın. "Çaresizim, ne yapacağım, öldüm, bittim." demeye gerek yok. Bunların sadece anlık duygular olduğunu bilin. "***Evet, şu an mutsuzum ama yarın güzel şeyler de olacak.***" demesini bilin. Kendinize inanın, çevrenizdekilere inanın, gücünüzü keşfedin.

Yıkıldığınızı sandığınız her şey aslında sizi yeni başlangıçlara hazırlar. Bu başlangıçların da senin elinde olduğunu bil.

"*İyiliğimizi zerre hak etmeyen*
insanlar,
giderken bizim de iyi yanımızı
kendileriyle götürdüler."

BULUT OLSAM

Güne mutsuz başlayıp, gece mutsuz uyuyan insanların sebebidir nankörlüğünüz. Gönlünüz nasıl rahat ediyor bir insanın içini rahatsız edince? Bir özür dilemiyorsunuz ve o insanın huzursuz bir şekilde güne devam etmesine izin veriyorsunuz. **En kötüsü de ne biliyor musunuz? Bu kırıp döktüğünüz insanlar size en çok değer veren kişiler aslında.**

Sana değer veren bir insan varsa eğer sarıl ona, özür dile. Gururunun onun gülüşünden daha önemli olmadığını bil. Zaten sen onda değerliysen, atacağın güzel bir adımın olsun da özür dilemesen de olur.

Defalarca kırdığın hâlde, hâlâ ısrarla sana yardımcı olmak isteyen insanı kaybetme. Onu kaybedersen, bir daha öyle sevilmezsin. Başkaları keşfeder onun dünyasını. Senin hırpalayıp parçaladığın insan gider bir başkasını mutlu eder sen mutsuzken. Uzaktan bakıp "Nasıl değerini bilmedim?" diye yakınırken o da "Nasıl katlandım?" diye seninle geçirdiği zamanı vakit kaybı olarak hatırlar.

İnsanların akıllarında güzel kalın. Kavgacı, her şeye laf eden, memnuniyetsiz birisi olarak hatırlanmayı evet, kimse istemez ama bu şekilde bilinen çok kişi var çevremizde.

Mutsuz ettiğiniz insanların can parçaları, parçalar içinizi. Hem de onlar mutlu olmaya başladığı zaman olur bu. İstemiyorsanız açık açık belli edin. "İyi bir insan, kaybetmek istemiyorum ama sevemiyorum da" demeyin asla. Bunlar çok basit bahaneler. Kendi arzularınız için karşı tarafın zaaflarıyla hareket etmeyin.

Size güzel duygularla gelen insanların kıymetlerini bilin. O insanlar hayatın size verdiği son şanstır aslında. **Eğer sevemiyorsanız bile sırf anlık duygularla boşlukta olduğunuz için hayatınıza aldığınız insanın hayatından çıktıktan sonra onda büyük bir boşluk bırakırsınız.**

İyi ya da kötü bir insan olduğunuzu merak ediyor musunuz? O zaman kendinize şu soruyu yöneltin, "Ben, beni seven bir kalbi sürekli incitiyor muyum?" cevabınız "evet"se konu tartışmaya kapalı hâle gelir.

Sizin için çabalayan insanların kıymetlerini bilin, çünkü bir daha böyle sevilmeyeceksiniz.

Hayat kaldığı yerden devam ediyor,

Belki bu şekilde kalması şimdilik sizi memnun etmiyor ama en azından hayat devam ediyor.

HAYALLERİMİZ VARDI ÇÖPLÜĞE ATILAN

Hayatta hayal kurmayan insan yoktur, değil mi? Her şey yolunda, biraz da umut varsa hayallerin gerçek olacakmış gibi kurar durursun. Ben de öyle yaptım. Çok hayal kurdum. Yüzlerce ihtimallerimiz vardı gerçekleşecek. Olmadı.

Hayal edemeyeceğim kadar mutsuz oldum sonra. Nasıl olur dedim, nasıl olur da bana hayal kurduran insanla hayallerimi yıkan kişi aynı olur.

O adam bana hem hayal kurmayı, hem de yıkılan hayallerimin altından sağ çıkmayı öğretti. Sağ çıktım ama o kaldı enkaz altında. Sonra da hiçbir şey eskisi gibi olmadı. Sevilmemiş benim, onu sevdiğim gibi. Ben de sevemedim eskisi gibi.

Bir boşluktan aşağı bizi itip kendisi öldü. Evet, ben de yaralar aldım ama iyileştirdim kendimi. Nefretten zırhlar giyindim önce. **Ama baktım ki bu, ondan çok bana zarar veriyor bir süre sonra nefret bile etmedim. O kadar ka-**

liteli gitti ki, ben bile kendime gelemedim. İç organlarımı kusacak gibi oldum defalarca ama geçti.

Bazen diyorum ki kendime, "Kızım sen ne ara bu kadar tükendin? Ne zamandan beri kaybettin bu kadar?"

Ama kaybettiğim ne varsa kazanmak için uğraşmadım bir daha. Benim yanımda olması gerekseydi kaybetmezdim dedim kendime. Zor oldu bu seviyeye gelmem, kimi zaman kafayı yiyecek gibi oldum ama çaktırmadım kimseye. Güçlüyü olacağım dedikçe güçlendim.

Çok özlemek sadece sevilirken güzelmiş. Sevilmediğini anladığın zaman sonu gelmezmiş gözyaşlarının. Ağladım ben de. Ama susturdum ona karşı olan hislerimi. Bitmesi gereken ne varsa kestim attım. **Uzun süren vedalar kısa sürede tüketir insanı çünkü.**

Şimdi bahçemde yeni yeni umutlar besliyorum. **Bugün gökyüzü biraz daha mavi. Sanırım iyileşiyorum.**

O adam
beni bilmediğim bir savaşın
ortasına sokup,
düşmanlarıma da
silahı kendisi verdi.
"Bu savaştan sağ çıkarsan
seni severim." dedi.
Sağ çıktım.
Sevmedi.

BİRAZ HUZUR

Her insanın kalbinde sakladığı bir mevsim vardır. İçindeki o mevsim kış olsun, yaz olsun, fark etmez. Bulunduğun durum her ne olursa olsa olsun geçeceğini bil. Kışın sakla içindeki baharı. Solmasın sokağındaki çiçekler.

Belki yorgun düşmüştür bedeninden önce ruhun. Ama unutma, iklimler bile değişiyor senin de zor zamanın elbet geçecek. Kendini başka bahara sakla. Elinden geleni yaptıktan sonra hâlâ bir şeyler olmuyorsa, o zaman akışına bırak. Çok düşünme, soru işaretlerine fazla takılmamak için yeni uğraşlar bul kendine.

Unutmaya çalıştığın her ne ise o önce senin canını yakacak, sonrasında ise hiç canın yanmamış gibi unutacaksın. Yeter ki pes etme. Hayat tek bir insan, tek bir olgu üzerine kurulmadı. Bunun farkında ol. Ne kadar düşünürsen o kadar çıkamazsın o girdaptan.

Her şeyi sil ve yepyeni bir hayat yarat kendine diyemem. Çünkü bu öyle kolay bir eylem değil. Ölümü düşünecek kadar çaresiz olmayın asla. Ait olduğunuz bir mevsim olsun ve o mevsimi bekleyin. Pazarı bekleyin. Çiçeklerin açmasını bekleyin. Ve en önemlisi, inanın.

Kime gidersen git, kim konuşursa konuşsun sana, sen yine kendi bildiğini yapacaksın. O zaman kendine sen söz geçir. İçindeki hayalleri, güzellikleri dillendir. Ama hüznünü çok fazla dile getirme. Kanatıp durma kabuk bağlayan yaranı.

Ortada bir yara varsa eğer geçmemesine en büyük sebep sensin. Önce sen kendine güç vereceksin. Kendi yaranı kendin iyileştirirsen bir daha yara almaz kalbin.

Zamanında silmen gereken insanların gidişini engelleme. Bırak, gitmek isteyen gitsin.

Ve zamanı geldiğinde, içindeki tüm buzlar eriyecek ve sen farkında bile olmadan gülümsediğini göreceksin. Hiç geçmeyecek sandığın o huzursuzluğun yerini mutluluk almış olacak. Geçmeyen ne var ki hayatta. İçinde sakladığın baharı bırak gökyüzüne.

Hikâyenin bittiğini zannedip ağladığınız ne varsa, bilin ki hepsi yeni bir hikâyenin başlangıcı olacak. Bitirmeleriniz, gidişleriniz güzel olsun.

Gidecekseniz de usul usul kırmadan, dökmeden gidin. Güzel hatırlanın. Kurulacak hayalleriniz olsun ve her gece yatağa sırf bu nedenle bile girmek için can atabilirsiniz.

Tek başına ağlayıp, kendisini yalnız başına teselli etmişse bir insan, artık yalnızlık çok da korkulacak bir şey değildir onun için.

GİTMEK

Gitmek her zaman kötü bir eylem değildir. Bazen bitmemek için gider insan. Ben de öyle yaptım. Anlatamadım kırgınlığımı. Ve bunun da bir yolunu bulamadım asla. Melek sandığım insanlar benim kanadımı kırıp ellerime verdiler. O gün iyi bir insan olmanın çok da iyi bir şey olmadığını düşünmüştüm.

Ama vazgeçmedim iyi olmaktan. O yüzden gitmek aklımın bir köşesine yerleşti. Ama beklenmedik bir anda gittim.

Kahkahalar atılırken,

mevsim bahar,

ve Nisan yağmurları yağarken.

“Bir insanın yokluğu bu şekilde daha derinden hissedilir.” dedim kendime. Öyle de oldu. Ama kapattığım hiçbir defteri geri açmadım. İnsanların değişmeyeceğini anladığımdan beri çabalamaktan vazgeçtim.

Ben istiyorum ki benim değerimi, ben verdiğim değeri çekince anlamasınlar. İçimdeki bahar daha tazeyken sevsinler. O zaman üzerime titresin o sevdiklerim.

Her insana içimde bir çiçek büyütüyorum. O çiçeğin büyümesi gerekirken çürüyüp gidiyorsa içimde, ben de gidiyorum.

Hep birilerinin hayatından geçip gitmedik mi?

Hep bir kırgınlık,

hep bir anlamsızlıklarla dolu anlamlar oldu hayatımızda.

Ufak oyunlar,

basit insanların, pembe diye adlandırdıkları yalanlar kararttı içimi.

Ben gelemedim küçük, basit hesaplara. Bu yüzden hep gittim birilerinden. Biraz daha kalsam kendimden gidecektim çünkü. Ve ben kendimden gidersem kıyametim kopacaktı. Bu yüzden gittim hep, bir akşamüstü ya da güneş doğmadan.

Hıçkıra hıçkıra ağlayacakken bile birilerini mutlu etmeye çalışırken fark ettim ne kadar mutsuz olduğumu. Meğer benim mutsuzluğum hiç önemli değilmiş önem verdiğim insanlarda. O gün kabullendim ve anladım ki ait olmadığın bir kalpte kalmaya çalışmak sadece acılarımı erteler.

Aslında mutsuz olduğumuz çok konu var da sesimizi çıkarmıyoruz yeter ki kırılmasınlar diye.

KALBİME İLİŞEN HÜZÜN

Bittiğini zannettiğim ne varsa sadece yarım kalmış aslında. Yorgun uyanıyorum, biraz da mutsuzum son zamanlarda. Aslında her şey yolunda gibi görünse de sebepsiz yere içimin dağılması yarım bırakmaktan, yarım bırakılmaktan.

Boğazıma dizilen heveslerim yutkunmama izin vermese de mutluymuş gibi görünmek mutlu etmiyormuş insanı.

En çok da herkese yetmeye çalışıp kendime eksik kaldığım için yorgunum.

Uzanıp yeryüzüne gökyüzünü izledim. Kayan her yıldızdan huzur diledim. Bulutlar alsa keşke beni yanına. Sanki orada her şey çok yolundaymış gibi görünüyor.

Vazgeçmem gereken sevdiklerim var. Bana bir parça ben lazım. Kendimi çekip kurtarmam gerek. Biliyorum ki insanlar sadece menfaatleri varsa gelirler yanına. Yine gelsinler, kapım yine açık olacak hepsine. Ama gitmem bir daha yüzüme kapanan hiçbir kapıya.

Gururdan değil, yorulduğumdan.

Ben istiyorum ki hiç çaba sarf etmeden anlasınlar içimde olup bitenleri, bakışımlarımı kaçırdığım zaman hissetsinler hissizleştiğimi.

Şimdilerde kol kanat olduğum herkes umutlarımı kırıyor.

Mutsuz uyanıyorum artık. Kaybetmem zannettiğim tüm neşemi yitirmişim. En son ne zaman doya doya güldüğümü hatırlamıyorum bile.

Biliyorum, buna ben sebep oldum. Ben izin verdim tüm kırılmalarıma.

Tam bir şeyler geçti diyorum, her şey yoluna giriyor gibi oluyor ama o yolun başında engeller bana göz kırpıyor.

Mücadele ettikçe yerimde saydığım o hissiyat başlangıçlarımın sonu oldu.

Artık geriye yaslanıp her şeyi akışına bırakmak istiyorum. Her şey, herkes kendiliğinden düzelmez biliyorum ama ben bu düzene ayak uyduramam.

Kırgınlıklarım birikiyor içime. **Dile getiremediğim onca hayal kırıklığı var evimde.**

Biraz kitap okuyup dağıtıyorum dağınık olan aklımı.

İnsanları duygularından yaralayıp onların size merhem olmasını bekliyorsunuz.
Siz istiyorsunuz ki bir tek onlar koşsun size.
Karşı tarafın hiç önemi yokmuş gibi.
İnsanı kendisine önemsiz hissettiriyorsunuz.
Sizi hayallerine yakıştıran insanların hayallerini yıkmakta bir numarasınız.
Kalp kırıp, haklıymış gibi davranıp o naif kalbin sizden özür dilemesini sağlıyorsunuz.
Bakın, bu en büyük kalpsizlik.

İnsan karşısına bir kez çıkacak aşkı,
ona hiç âşık olmayan biriyle ziyan edebiliyor.

BENİ SEVMENİ ÖZLEDİM

Öyle zor ki yeniden başlamak, yeni bir insana alışmak, sende sevdiğim ne varsa bir başkasında aramak, inan bunun izahı yok.

Özlemek bir nevi ölmek gibiymiş. Sevmekten daha kuvvetli bir duyguymuş. Hep bir şeyler öğretirdin ya bana, bak yokluğun bile bir şey daha öğretti. Ama bana sensiz yaşamayı öğretemedin.

Olurda bir gün karşılaşırsak lütfen sarıl bana. Yine hiç gitmeyecekmiş gibi kokumu içine çek. Gözlerin kısılarak gülümse bana.

Bu kez biraz daha kal. İçimdeki çığlıkları susturana kadar konuş. Ellerin avuçlarımda dinleyeyim seni. Hadi, ellerini ver bana, tutunayım tekrardan hayata.

Zor geçiyor günler yokluğunda. Her gece başımı yastığa koyduğumda bir daha benim olmama ihtimalin özlemimi daha da katlamıyor değil. Bir masada yalnız başıma oturup, gözlerimin daldığını kahkaha atan masa fark ediyor. Bir anda sessiz kalmalarından anladım.

O günden sonra anladım ki sen gerçekten gitmişsin. Ve bitirmişsin biz olma ihtimalimizi.

Hoşça kal,

Hoş kal.

Bıraktığım gibi kal lütfen. Sende biriktirdiğim kır çiçeklerini kimselere sunma ama. İzin ver biraz zaman geçsin.

Biliyorum, bencilce gelecek belki ama ben mutlu olmadan alma kimseyi hayatına.

Acılarım iki katına çıkar.

DEĞİŞTİ MEVSİMLER

Sanırım en güzel çocukluğu biz yaşadık.

Şimdilerde çocukken dinlediğimiz müzik grupları dağılmış,

Artık bayramda kapı kapı dolaşıp şeker toplanmıyor.

Yazlar geç geliyor,

kış bitmiyor gibi.

Ve ben seni çok özledim.

Çocukluğumun en güzel yanısın sen. Seninle güldü gözlerimin içi. Kalbim bir sana attı. Telefon başında heyecanla mesajını beklediğim kadar hiçbir şey heyecanlandırmadı sonra beni. Seni soranlar oluyor ansızın. Yüzümdeki gülümsemenin yerini bu kez buruk bir tebessüm alıyor. "Hep mutlu olsun." Diyorum, dilim varmıyor ah etmeye. Sonucu bir cehennemde olsa güzel mutluluklar sundun bana.

Seni tekrar görmeyi ne kadar çok istediğimi söyleyemiyorum kimseye. Çünkü insanlar aşkı nefrete karıştırmış artık.

Üzüleceğimi bilsem de bir kez bakışsın istiyorum gülüşlerimiz.

Şöyle durdursunlar zamanı, gidesi gelmiyor insanın gülüşünden papatyalar toplarken.

TEMİZ DUYGULARLA SEVDİK

Ne güzel sevdik.

Sevmeyi sevdik belki de. Güzel bulduğumuzu değil, âşık olduğumuzu güzel bulduk. Ama onlar ısrarla çirkin bırakmak istediler gönüllerini.

Kötü olduğunu bile bile sevdik. Bu bile aşkı hak etmeye yetebilir.

Ama olmuyor değil mi? Ne kadar seversen sev. Olacağı yoksa olmaz işte.

Canım sıkılıyor der, beni sıktın der, sevgim sana yetmiyor der ve gider. Hem de öyle bir gider ki neye uğradığını şaşırır kalırsın. Aklınla beynin arasında kalırsın, çünkü bu aşkı onun başlatmak istediğini bilirsin. Ama olmuyor işte. Uzaktan görünen aşk yakına gelince çok da çekici gelmeyebiliyormuş insana.

Şimdi sen bir kere inanmışsın ya sevildiğine, gitse bile geri gelir zannediyorsun ama o gitmeden yerini hazırlamıştır çoktan.

Peki şimdi ne yapmalı?

Bırakmalı mı yoksa beklemeli mi? Öncelikle kalbinin sesini yalnız başına dinleme. Düşüncelerine de önem ver. Taşları oturt yerine. Sadece seviyorum demekle olmaz. Taşları oturt yerine. Söylediklerinden çok yaptıklarına bak mesela. Öyle çok bir beklentin olmasın. Son zamanlarda yaptıkları aşkı kurtarmak için mi yoksa bitirmek için mi bunları iyi tart.

Taşlar yerine oturunca sevmediğini anlıyorsan bırak gitsin zorla tutma asla yanında. Tek başına çabalayıp sonunda pes edeceksin zaten. Gücün yetmeyecek çünkü.

Kendini iyileştir. İnan yine koşacaksın. Işıklar dolacak yine odana. Ummadığın anda güzellikler sunacak sana. Sadece buna inan.

Göğsüme kuşları katıp
son bir kez daha
âşık olmadan ölmeyeceğim.
Bu karamsar dünyaya
bir mutluluk
sığdıracağım elbet.